पुरस्कृत बच्चों की

प्रेरक साहसी कथाएं

23 जनवरी, 2017 को प्रधानमंत्री नरेन्द्र मोदी के हाथों वर्ष 2016 का 'राष्ट्रीय वीरता पुरस्कार' पाने वाले बहादुर बच्चों की सत्य घटनाओं पर आधारित बाल कहानियां

सुरभि प्रकाशन
प्रीत विहार, दिल्ली-110092

पुरस्कृत बच्चों की
प्रेरक साहसी कथाएं

['राष्ट्रीय वीरता पुरस्कार' से सम्मानित बच्चे]

संजीव गुप्ता

ISBN—978-81-934327-0-9

प्रकाशक
सुरभि प्रकाशन
109, चौथी मंजिल, बी-ब्लॉक
प्रीत विहार, दिल्ली-110092

संस्करण
2024

आवरण
के. जी. पी.

मूल्य
दो सौ पंचानबे रुपये

मुद्रक
आर. के. ऑफसेट
शाहदरा, दिल्ली-110095

PURASKRIT BACHCHON KI PRERAK SAHASI KATHAYEN *(Hindi)*
by Sanjeev Gupta
Price : ₹ 295

अपनी बात

मित्रो, 'राष्ट्रीय वीरता पुरस्कार' प्राप्त बच्चों की कहानियों पर आधारित शृंखला की सातवीं पुस्तक के साथ एक बार मैं फिर आपसे मुखातिब हूं। आपसे मिल रहे प्यार और प्रतिक्रिया के बलबूते एक और किताब तैयार करने का उत्साह मिला। मुझे पूर्ण विश्वास है कि यह किताब भी आप सभी को पसंद आएगी। बाल पाठकों की रुचि को देखते हुए इस बार इसमें चित्रों को भी खास तवज्जो दी गई है।

वैसे तो बहादुर बच्चों की कहानियां हमेशा ही रोमांचित और प्रेरित करती हैं, लेकिन आज जबकि समाज में संवेदना खत्म होती जा रही है तो ये और भी प्रासंगिक हो गई हैं। यह देखकर बहुत ही दुःख होता है कि किसी को विपत्ति में देखकर आज लोग पीड़ित की मदद करने की बजाय उसका वीडियो बनाने और उसे सोशल मीडिया पर वायरल करने में लग जाते हैं। यह भविष्य के लिए अच्छा संकेत नहीं है। हमें कभी भी यह नहीं भूलना चाहिए कि विपत्ति किसी के भी साथ कहीं भी उत्पन्न हो सकती है। आज जो किसी और के साथ घटित हो रहा है, कल को हमारे साथ भी हो सकता है।

जरा सोचिए...अगर 'राष्ट्रीय वीरता पुरस्कार' पाने वाले बच्चों ने भी इसी संवेदनहीनता का परिचय दिया होता तो क्या होता! इन बच्चों ने तो दूसरों की जान बचाने के लिए अपनी और अपनों की भी परवाह नहीं की। उम्मीद करता हूं कि वर्ष 2016 के लिए प्रधानमंत्री नरेन्द्र मोदी के हाथों पुरस्कृत इन बच्चों की कहानियां हमारे समाज में इस संवेदना को बनाए रखने में मददगार साबित होंगी और बच्चों व युवाओं को प्रोत्साहित करेंगी।

जी-22/373,

–संजीव गुप्ता

सेक्टर-7, रोहिणी, दिल्ली-110085

15 दिसंबर, 2017

क्रम

पीजू की बहादुरी से बची दो जान

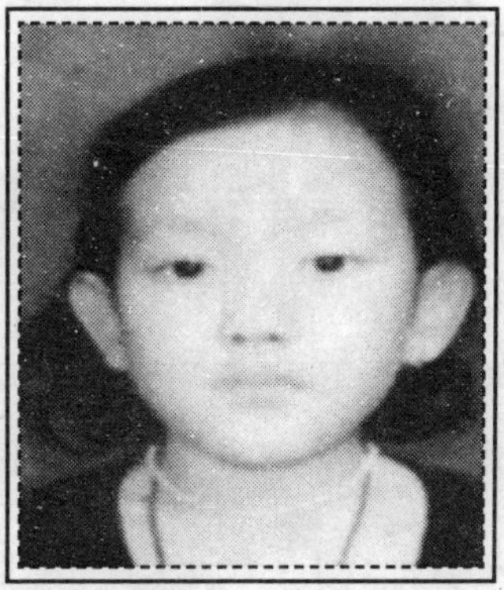

तार पीजू (मरणोपरांत)

घटना 19 मई, 2016 की है। दोपहर का समय था। चौथी कक्षा में पढ़ने वाली आठ साल की तार पीजू स्कूल से घर लौट रही थी। पीजू के साथ उसकी दो सहेलियां भी थीं। गर्मी के मौसम में धूप भी काफी तेज थी।

पीजू के स्कूल और घर के बीच एक नदी पड़ती है। नाम है–हरकाली नदी। करीब पांच फुट गहरी इस नदी पर कोई पुल नहीं है। ऐसे में इस नदी को पार करने के लिए पत्थरों और लकड़ियों से बने कच्चे रास्ते का सहारा लेना पड़ता है। उस दिन भी पीजू अपनी सहेलियों के साथ ऐसा ही कर रही थी। एकाएक उन दोनों सहेलियों का पांव फिसल गया और वे नदी की तेज धारा के साथ बहने लगीं।

पीजू ने यह देखा तो बिना कुछ सोचे-समझे अपनी सहेलियों को बचाने के लिए तुरंत नदी में छलांग लगा दी। नदी का पानी भले ही बहुत ज्यादा गहरा नहीं था, लेकिन बहाव बहुत तेज था। ऐसे में पीजू को उन्हें बचाने में खासी मशक्कत करनी पड़ी। काफी देर की कोशिशों के बाद पीजू उन्हें किनारे तक सुरक्षित लाने में कामयाब हो गई। लेकिन दूसरी सहेली को किनारे तक पहुंचाते हुए पीजू इतना थक गई कि खुद किनारे तक नहीं पहुंच सकी। दोनों सहेलियों की जिंदगी बचाते-बचाते वह खुद जिंदगी की जंग हार गई और डूब गई। नदी की तेज धारा में बहकर वह इतनी दूर चली गई कि बहुत तलाश करने पर ही उसकी लाश मिल पाई।

अरुणाचल प्रदेश की रहने वाली तार पीजू की इस बहादुरी का किस्सा जब उनके गृहक्षेत्र तक पहुंचा तो सभी ने उसकी भूरि-भूरि प्रशंसा की। घटना की सूचना प्रदेश के मुख्यमंत्री तक पहुंची तो उन्होंने भी पीजू की बहादुरी को सराहा। पीजू के इस साहसिक कार्य के लिए मरणोपरांत उसके माता-पिता को कई मंचों पर सम्मानित किया गया। प्रदेश के मुख्यमंत्री ने पीजू के भाई-बहनों की पढ़ाई निःशुल्क करने और परिवार के एक सदस्य को सरकारी नौकरी देने का आश्वासन भी दिया।

पीजू की इस बहादुरी के लिए 'भारतीय बाल कल्याण परिषद' ने उसका चयन 'राष्ट्रीय वीरता पुरस्कार' के लिए भी कर लिया। 23 जनवरी, 2017 को नई दिल्ली में आयोजित एक समारोह में देश के प्रधानमंत्री नरेन्द्र मोदी ने उसके पिता तार कामा और माता तार याको को 'भारत अवार्ड' से सम्मानित किया। पुरस्कार स्वरूप उन्हें नकद राशि, प्रशस्ति पत्र और मेडल दिया गया। पीजू के दोनों भाई-बहनों की पढ़ाई का खर्च भी अब सरकार उठाएगी। पीजू के

पिता ने उसकी बहादुरी पर गर्व जताया और सरकार से प्रार्थना की कि हरकाली नदी पर जल्दी ही एक पक्का पुल भी बनवा दिया जाए ताकि भविष्य में ऐसे हादसे की पुनरावृत्ति न हो।

उन्होंने यह भी बताया कि पीजू आई. ए. एस. बनकर देश-सेवा करना चाहती थी। लेकिन वह तो अल्पायु में ही ऐसा काम कर गई कि देश उसे हमेशा याद रखेगा। पीजू की इस बहादुरी के लिए उसके माता-पिता को वर्ष 2017 की राजपथ पर गणतंत्र दिवस परेड में शामिल होने, बहादुर बच्चों के साथ जीप की सवारी करने तथा देश के तत्कालीन राष्ट्रपति प्रणब मुखर्जी को सलामी देते हुए देखने का गौरवशाली अवसर भी मिला।

[*सीख* : **अपने लिए तो सभी जीते हैं लेकिन जो औरों के लिए जीता है, वह सदा के लिए अमर हो जाता है।**]

तेजस्विता और शिवानी ने की पुलिस की मदद

तेजस्विता प्रधान

शिवानी गोंद

17 साल की तेजस्विता और 16 साल की शिवानी एक ही स्कूल में पढ़ती हैं। तेजस्विता 12वीं में है जबकि शिवानी 11वीं में। अलग-अलग कक्षा में होने के बावजूद दोनों अच्छी सहेलियां हैं और स्कूल भी साथ-साथ ही जाती हैं। वे दोनों पढ़ाई ही नहीं, खेलकूद में भी अपनी खासी पहचान रखती हैं। उनकी सूझ-बूझ की भी सभी सराहना करते हैं।

चेहरे और व्यवहार से बहुत ही भोली और मासूम पश्चिम बंगाल की निवासी तेजस्विता और शिवानी बहादुरी में भी कम नहीं हैं। उनकी बहादुरी से तो पुलिस भी हैरान रह गई। हुआ कुछ यूं कि मैतई नेपाल से पश्चिम बंगाल के एक एन.जी.ओ. मार्ग को एक अनुरोध आया। यह अनुरोध था एक गुमशुदा लड़की को ढूंढ़ने के बारे में। अनुमान था कि वह नाबालिग लड़की दिल्ली में हो सकती है और उसे अगवा करने वाले उससे गलत काम कराना चाहते हैं। इस पर मार्ग ने सी. बी. आई. से संपर्क साधा और स्टूडेंट्स अगेंस्ट ट्रैफिकिंग क्लब (एस. ए. टी. सी.) के सदस्यों को भी इसकी सूचना दी। तेजस्विता और शिवानी भी इस क्लब की सदस्य हैं।

तेजस्विता और शिवानी जानती थीं कि यह कार्य इतना सरल नहीं है और इसमें समय लगेगा। इसीलिए सूझ-बूझ का परिचय देते हुए उन्होंने गुमशुदा लड़की से फेसबुक पर दोस्ती कर ली। इस दोस्ती के साथ ही उन्होंने आपस में बातचीत करना शुरू कर दिया। उसे ढूंढ़ने की जांच के बीच दोनों ने उस लड़की से संपर्क बनाए रखा और उसे अपने नौकरी की

तलाश में होने का बहाना बनाया। इस पर गुमशुदा लड़की ने तेजस्विता और शिवानी को उसी गलत काम के बारे में बताया जिसमें वह फंस गई थी। इसके बाद तेजस्विता और शिवानी को नकली कार्ड भेजे गए और तुरंत सीमा पार करने के लिए भी कहा गया।

ऐसे में तेजस्विता और शिवानी की मदद से पुलिस द्वारा मार्ग व एस.ए.टी.सी. के सदस्यों को साथ लेकर एक जाल बिछाया गया। जब एक महिला और एक पुरुष तेजस्विता और शिवानी को लेने आए तो पुलिस ने उन्हें धर लिया। बाद में उनसे पूछताछ और उनकी निशानदेही पर उस गुमशुदा लड़की को भी बरामद कर लिया गया और उनकी मदद से एक बड़े आपराधिक गिरोह का भी पर्दाफाश किया। दिल्ली से गिरोह के मुख्य आरोपी को भी पकड़ लिया गया।

तेजस्विता और शिवानी की इस सूझ-बूझ और बहादुरी को सभी ने सराहा। पुलिस ने भी उन्हें पुरस्कृत किया एवं स्कूल में भी उन्हें सम्मानित किया गया। स्थानीय उपायुक्त कार्यालय

की सिफारिश पर इन दोनों का काम 'राष्ट्रीय वीरता पुरस्कार' के लिए भी प्रस्तावित कर दिया गया। इनका कारनामा था ही इतना साहसिक कि 'भारतीय बाल कल्याण परिषद' ने भी इनका चयन प्रतिष्ठित 'गीता चोपड़ा पुरस्कार' के लिए कर लिया। 23 जनवरी, 2017 को इन्हें नई दिल्ली में आयोजित एक समारोह में देश के प्रधानमंत्री नरेन्द्र मोदी ने पुरस्कृत किया। पुरस्कार स्वरूप इन्हें नकद राशि, प्रशस्ति पत्र और मेडल प्रदान किया गया। इनकी पढ़ाई का खर्च भी सरकार ही वहन करेगी। 26 जनवरी, 2017 को इन्हें राजपथ पर गणतंत्र दिवस परेड का हिस्सा बनाने और जीप की सवारी कर देश के तत्कालीन राष्ट्रपति प्रणब मुखर्जी को सलामी देने का गौरवपूर्ण अवसर भी मिला। तेजस्विता भविष्य में शिक्षिका और शिवानी पुलिस अधिकारी बनना चाहती हैं। दोनों का ही कहना है कि इस पूरे घटनाक्रम के दौरान उन्हें डर भी लग रहा था लेकिन उस गुमशुदा लड़की को आपराधिक गिरोह के चंगुल से बचाने की भावना मन में इतनी प्रबल थी कि वह डर हवा-हवाई हो गया। और जब वे अपने उद्देश्य में कामयाब हो गईं तो उस समय मिली खुशी को शब्दों में बयां नहीं किया जा सकता।

[*सीख* : जुल्म करने वाले के साथ-साथ जुल्म सहने वाला भी उतना ही दोषी होता है। इसलिए गलत कामों के खिलाफ आवाज उठानी ही चाहिए।]

जान पर खेल सुमित ने बचाई मित्र की जान

सुमित ममगाई

15 वर्षीय सुमित ममगाई उत्तराखंड के देहरादून का रहने वाला है। दसवीं कक्षा का छात्र सुमित भोला-भाला एवं पढ़ाई और खेलकूद में भी अव्वल रहने वाला है। उस दिन की हैरतअंगेज घटना ने तो उसकी बहादुरी और मित्रता के चर्चे भी शहर भर में फैला दिए।

घटना 8 नवंबर, 2015 की है। सुमित और उसका मित्र रितेश, जो रिश्ते में उसका चचेरा भाई भी लगता है, पास ही के खेत में पशुओं को खाना खिला रहे थे। शाम के सुहावने मौसम में इस दौरान वे आसपास के माहौल से बिलकुल बेखबर थे। एकाएक झाड़ियों में छिपा जंगली जानवर गुलदार ने उन पर पीछे से हमला कर दिया। इससे पहले कि सुमित और रितेश थोड़ा संभल पाते, गुलदार ने सुमित के सिर और चेहरे पर पंजा दे मारा।

मौके की नजाकत देख सुमित ने मदद के लिए शोर मचाते हुए गुलदार पर पत्थर बरसाने शुरू कर दिए। पत्थरों की बरसात होते देख अब गुलदार ने रितेश की ओर रुख कर लिया और उस पर झपट्टा दे मारा। सुमित ने जब अपने मित्र की जान पर संकट देखा तो गुस्से से आगबबूला हो उठा। उसने आसपास कोई हथियार ढूंढ़ने के लिए नजर दौड़ाई तो उसके हाथ एक धारदार दरांती लग गई। ऐसे में उसने पीछे से गुलदार की पूंछ पकड़ उस पर दरांती से वार करने शुरू कर दिए। रितेश भी उस पर पत्थर बरसाने लगा। इस दोतरफा हमले से गुलदार सकपका गया और खुद ही अपनी जान बचाने के लिए भाग खड़ा हुआ।

इस तरह सुमित की सूझ-बूझ और बहादुरी से रितेश की जान तो बच गई लेकिन उसके सिर और हाथों से काफी खून बह रहा था। हालांकि तब तक खेत में आसपास के कुछ और लोग भी पहुंच गए थे। वे लोग रितेश को नजदीक के अस्पताल ले गए जहां उसे प्राथमिक उपचार के बाद छुट्टी दे दी गई।

सुमित की इस बहादुरी को सभी ने सराहा। उसे स्कूल में भी पुरस्कृत किया गया और जिला स्तर पर भी। जिले से जब उसका नाम 'राष्ट्रीय वीरता पुरस्कार' के लिए भेजा गया तो 'भारतीय बाल कल्याण परिषद' ने भी उसकी बहादुरी को मान्यता देते हुए उसका चयन प्रतिष्ठित 'संजय चोपड़ा अवार्ड' के लिए कर लिया। 23 जनवरी, 2017 को नई दिल्ली में आयोजित एक समारोह में देश के प्रधानमंत्री नरेन्द्र मोदी ने सुमित को इस अवार्ड से नवाजा। पुरस्कार स्वरूप उसे नकद राशि, प्रशस्ति पत्र और मेडल प्रदान किया गया। सुमित की पढ़ाई-लिखाई का खर्च भी अब 'भारतीय बाल कल्याण परिषद' वहन करेगी।

सुमित के लिए वह क्षण भी कम गौरवशाली नहीं रहा जब उसे 26 जनवरी को राजपथ

पर गणतंत्र दिवस परेड में अन्य बहादुर बच्चों के साथ जीप की सवारी करने और तत्कालीन राष्ट्रपति प्रणब मुखर्जी को सलामी देने का अवसर मिला। सुमित ने बताया कि गुलदार से मुकाबला करते हुए डर तो बहुत लग रहा था लेकिन अपनी जान भी बचानी थी और मित्र रितेश की भी। इसलिए डर को दरकिनार कर मुकाबला करने में ही समझदारी नजर आई। यदि उस समय होश खो देते तो दोनों में से कोई नहीं बचता। सुमित ने यह भी बताया कि अपनी पढ़ाई पूरी करके वह भविष्य में भी देश की सेवा ही करना चाहता है।

[*सीख* : परिस्थिति कैसी भी आए, धैर्य कभी नहीं खोना चाहिए।]

अपनी जान गंवा बचाई औरों की जान

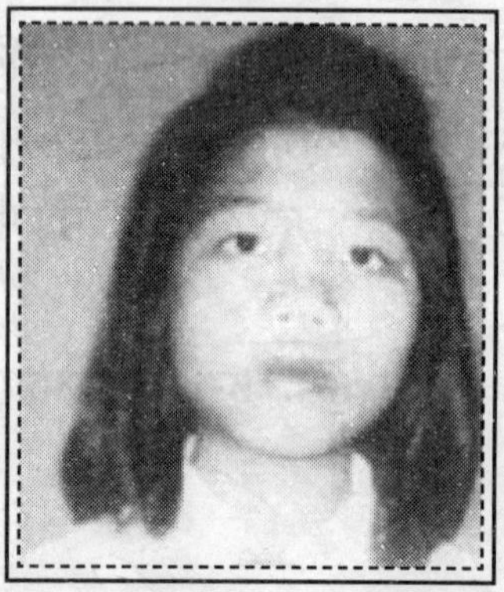

रोलुआपुई (मरणोपरांत)

13 साल की रोलुआपुई बहुत हंसमुख स्वभाव की लड़की थी। आठवीं कक्षा की इस भोली-भाली छात्रा को स्कूल में भी उसके मिलनसार व्यवहार के लिए सभी पसंद करते थे। दोस्ती निभाने में भी उसका कोई सानी न था। वक्त आने पर उसने यह साबित भी कर दिखाया।

घटना 3 मार्च, 2016 की है। स्कूल की पिकनिक के लिए मिजोरम की रहने वाली रोलुआपुई अपने अध्यापकों और सहेलियों-सहपाठियों के साथ नदी के तट पर आई हुई थी। यहां वह अपनी सहेलियों के साथ खेल रही थी। अध्यापक अपनी मस्ती में मस्त थे जबकि सहपाठी अलग खेल रहे थे। मौसम भी सुहाना था। न ज्यादा गर्मी और न ज्यादा ठंडी।

अचानक वहां चीख-पुकार सुनाई दी। रोलुआपुई ने सुना तो वह बिना समय गंवाए नीचे की तरफ भागी। वहां उसने आव देखा न ताव और 18 फुट गहरी नदी में छलांग लगा दी। दरअसल, उसकी एक सहेली नदी के तेज बहाव के भंवर में फंस गई थी। अगर देर की जाती तो वह डूब सकती थी।

काफी देर की मशक्कत के बाद रोलुआपुई उसे किनारे की ओर धकेलने में कामयाब हो गई, जहां से उसे सुरक्षित बाहर निकाल लिया गया। इसके बाद रोलुआपुई ने एक अन्य सहपाठी सारहा को भी बचाया। लेकिन इस सबके बीच वह खुद नदी की तीव्र धारा में फंस गई और गहरे पानी में बहती चली गई। तब तक वहां और भी काफी लोग जमा हो गए थे।

उन्होंने रोलुआपुई को बचाने के लिए भरसक प्रयास किया मगर उसे बचाया नहीं जा सका। बाद में उसके शव को भी काफी दूर जाकर बरामद कर लिया गया।

रोलुआपुई की इस बहादुरी को हर किसी ने सलाम किया। स्कूल में भी कई दिनों तक मातमी माहौल छाया रहा। जिन दो बच्चों को रोलुआपुई ने बचाया था, उनके माता-पिता ने भी उसको ढेरों दुआएं दीं। स्कूल प्रबंधन ने इस बहादुरी के लिए रोलुआपुई को मरणोपरांत विशेष तौर पर सम्मानित किया। यह सम्मान उसके माता-पिता ने ग्रहण किया। बाद में जिला स्तर पर भी कई मंचों पर उसकी बहादुरी को याद किया गया।

जिला उपायुक्त की सिफारिश पर रोलुआपुई का चयन 'राष्ट्रीय वीरता पुरस्कार' के लिए भी हो गया। इस वीरता के लिए 'भारतीय बाल कल्याण परिषद' ने उसे वर्ष 2016 के प्रतिष्ठित 'बापू गयाधनी पुरस्कार' के लिए चुना। 23 जनवरी, 2017 को नई दिल्ली में आयोजित एक समारोह में देश के प्रधानमंत्री नरेन्द्र मोदी ने रोलुआपुई का यह पुरस्कार उसके माता-पिता को प्रदान किया। पुरस्कार स्वरूप नकद राशि, प्रशस्ति पत्र और मेडल प्रदान किया गया। रोलुआपुई के भाई-बहनों की पढ़ाई का खर्च भी अब सरकार ही वहन करेगी।

बेटी की इस बहादुरी के लिए उसके माता-पिता को 26 जनवरी को राजपथ पर गणतंत्र दिवस परेड में हिस्सा लेने का अवसर भी मिला। बहादुर बच्चों के साथ जीप में सवार हो उन्होंने देश के तत्कालीन राष्ट्रपति प्रणब मुखर्जी को सलामी भी दी। बाद में नम आंखों व रुंधे गले से रोलुआपुई के माता-पिता ने बताया कि उनकी बेटी बड़ी होकर डॉक्टर बनना चाहती थी। उसकी इच्छा हमेशा से दूसरों की सेवा करने की थी। उन्होंने यह भी कहा कि भले ही उनकी बेटी आज उनके साथ नहीं है, लेकिन उसकी बहादुरी ने उनका सिर फख्र से ऊंचा कर दिया।

[*सीख* : **मुसीबत के समय अपनी जान गंवाकर भी दूसरे के काम आना ही सच्ची मानवता है।**]

तुषार की बहादुरी से बचा गोवंश

तुषार वर्मा

15 वर्षीय तुषार 11वीं कक्षा का छात्र है। छत्तीसगढ़ के बेरला जिले के छोटे से गांव हरदी में उसके पिता खेतीबाड़ी करते हैं जबकि मां गृहिणी है। तुषार तीन बहनों का इकलौता भाई है। पढ़ाई के साथ-साथ वह खेतीबाड़ी में पिता का हाथ भी बंटाता है। किसी ने नहीं सोचा था कि छोटे से गांव का तुषार एक दिन देश भर में नाम कमा लेगा।

घटना 20 सितंबर, 2015 की है। रात के करीब नौ बजे थे। तुषार अपने घर पर खाना खा रहा था। अन्य लोग सोने की तैयारी कर रहे थे। एकाएक उनके पड़ोस में रहने वाले वृद्ध भुलुराम वर्मा के घर में बनी पशुशाला में भयंकर आग लग गई। घर में बस वह और उनकी वृद्ध पत्नी ही रहते थे। ऐसे में वे मदद के लिए चिल्लाने लगे। पशुशाला में तीन गाय और दो बैल भी बंधे थे तथा काफी मात्रा में चारा भी रखा हुआ था। आग तेजी से फैलती जा रही थी।

देखते ही देखते काफी पड़ोसी जमा हो गए। सभी बाल्टियों से पानी डाल-डालकर आग बुझाने की कोशिश करने लगे। लेकिन आग थी कि थमने का नाम ही नहीं ले रही थी। तुषार खाना बीच में छोड़कर ही वहां पहुंच गया। अपनी जान की परवाह किए बगैर वह पशुशाला की छत पर चढ़ गया। वहां एकत्रित लोगों से पानी लेकर वह वहीं से पशुशाला में पानी डालने लगा। यह क्रम उसने लगातार तीन घंटे तक जारी रखा। आखिरकार वह आग बुझाने में कामयाब हो गया और सभी पशु भी बचा लिए गए।

हालांकि इस दौरान तुषार खुद कई जगह से जल गया। वहां एकत्रित लोग उसे मरहम-पट्टी के लिए अस्पताल लेकर गए जहां प्राथमिक उपचार के बाद उसे छुट्टी दे दी गई। तुषार की इस निःस्वार्थ बहादुरी को हर किसी ने सराहा। इसके लिए उसे स्कूल में भी पुरस्कृत किया गया और जिला स्तर पर भी। जिला उपायुक्त कार्यालय से तुषार का नाम 'राष्ट्रीय वीरता पुरस्कार' के लिए भी अग्रसारित कर दिया गया।

'भारतीय बाल कल्याण परिषद' के पदाधिकारियों और 'राष्ट्रीय वीरता पुरस्कार' के लिए गठित निर्णायक मंडल ने जब तुषार की बहादुरी के बारे में पढ़ा तो उन्होंने उसका चयन वर्ष 2016 के प्रतिष्ठित 'बापू गयाधनी पुरस्कार' के लिए कर लिया। 23 जनवरी, 2017 को नई दिल्ली में आयोजित एक भव्य समारोह में देश के प्रधानमंत्री नरेन्द्र मोदी ने तुषार को 'राष्ट्रीय वीरता पुरस्कार' से सम्मानित किया। इस मौके पर केंद्रीय महिला एवं बाल विकास मंत्री मेनका गांधी भी उपस्थित थीं। पुरस्कार स्वरूप उसे नकद राशि, प्रशस्ति पत्र और मेडल प्रदान किया गया। बाद में तुषार को अन्य बहादुर बच्चों के साथ दिल्ली के उपराज्यपाल नजीब जंग और

मुख्यमंत्री अरविंद केजरीवाल से भी मिलने का अवसर मिला।

तुषार के लिए वह क्षण भी अविस्मरणीय था जब 26 जनवरी को ऐतिहासिक राजपथ पर उसे गणतंत्र दिवस परेड का हिस्सा बनने का मौका मिला। इस दौरान उसने जीप की सवारी कर देश के तत्कालीन राष्ट्रपति प्रणब मुखर्जी को सलामी भी दी। तुषार की इस बहादुरी और सम्मान पर उसके माता-पिता की खुशी देखते ही बनती थी। तुषार ने बताया कि जब वह आग बुझाने की कोशिश कर रहा था तो उसे आग की लपटों में घिरने का डर भी बहुत लग रहा था लेकिन बेजुबान जानवरों का दर्द भी देखा नहीं जा रहा था। इसीलिए वह आखिर तक लगा रहा। उसने बताया कि बड़ा होकर वह डॉक्टर या पुलिस अधिकारी बनना चाहता है।

[*सीख* : विपत्ति के समय जरूरतमंद की मदद करना ही सच्ची मानवता है।]

भाई की जान बचाने में गंवाई खुद की जान

एच. लालरियातपुई (मरणोपरांत)

मिजोरम की रहने वाली 13 साल की एच. लालरियातपुई 8वीं कक्षा की छात्रा थी। पढ़ाई-लिखाई और खेलकूद में तो औसत ही थी किंतु सामाजिक आचार-व्यवहार में सभी उसे पसंद करते थे। हर किसी की मदद करने को वह सदैव तैयार रहती थी। इस संसार को छोड़ने से पहले वह बहादुरी की भी एक ऐसी मिसाल कायम कर गई कि आज उसके माता-पिता भी सिर ऊंचा करके जी रहे हैं।

घटना 18 मार्च, 2016 की है। अपने बड़े भाई के साथ वह अपने अंकल के लिए एलपीजी सिलेंडर और चावल लेने जा रही थी। लाड़-प्यार में उसने अपने दो साल के चचेरे भाई को भी साथ ले लिया। बाजार से वापस लौटते वक्त वे दोनों गाड़ी रोककर अंकल के यहां सामान उतारने लगे। इस दौरान उन्होंने कार में हैंडब्रेक नहीं लगाए जबकि वहां पर थोड़ी ढलान भी थी।

एकाएक गाड़ी ढलान पर खिसकने लगी। लालरियातपुई के बड़े भाई ने अपनी पूरी ताकत लगाकर गाड़ी को रोकने का प्रयास किया मगर सफल नहीं हो पाया। तब लालरियातपुई खुद आगे बढ़कर गाड़ी रोकने और उसमें बैठे अपने मासूम चचेरे भाई को कार में से निकालने की कोशिश करने लगी। हालांकि उसके बड़े भाई ने उसे ऐसा करने से रोकने का प्रयास भी किया क्योंकि ऐसा करना उसके लिए भी खतरनाक था, लेकिन वह रुकी नहीं।

लालरियातपुई ने गाड़ी के पीछे भागते हुए बच्चे को बाहर निकालने के लिए गाड़ी का दरवाजा खींचकर खोल दिया। ऐसा करने में वह खुद असंतुलित होकर नीचे गिर पड़ी और गाड़ी के नीचे आ गई। गाड़ी तब भी नहीं रुकी और लालरियातपुई के ऊपर से होती हुई निकल गई। इस घटना का परिणाम यह हुआ कि गाड़ी आगे जाकर खाई में गिर गई जिससे उसमें बैठा छोटा बच्चा भी नहीं बच सका और गंभीर रूप से घायल लालरियातपुई को अस्तपाल में काफी उपचार के बाद भी बचाया नहीं जा सका।

बेशक इस घटना में हुए नुकसान को रोका नहीं जा सका मगर लालरियातपुई के ईमानदार प्रयास और उसकी बहादुरी को सभी ने सराहा। उसके अंकल ने भी मुक्त कंठ से उसकी प्रशंसा की। लालरियातपुई की इस बहादुरी के लिए मरणोपरांत ही सही लेकिन कई मंचों पर उसके माता-पिता को सम्मानित किया गया।

जिला स्तर पर लालरियातपुई का नाम 'राष्ट्रीय वीरता पुरस्कार' के लिए भी भेज दिया गया। 'भारतीय बाल कल्याण परिषद' की निर्णायक समिति ने जब इस पूरे घटनाक्रम पर बारीकी से विचार किया तो उसका चयन वर्ष 2016 के प्रतिष्ठित 'बापू गयाधनी अवार्ड' के लिए

कर लिया गया। 23 जनवरी, 2017 को नई दिल्ली में आयोजित एक समारोह के दौरान देश के प्रधानमंत्री नरेन्द्र मोदी ने लालरियातपुई के माता-पिता को यह अवार्ड प्रदान किया। अवार्ड स्वरूप उन्हें नकद राशि, प्रशस्ति पत्र व मेडल प्रदान किया गया। लालरियातपुई के भाई-बहनों की पढ़ाई का खर्च भी अब सरकार ही वहन करेगी।

बेटी की इस बहादुरी के लिए उसके माता-पिता को ऐतिहासिक राजपथ से गुजरने वाली गणतंत्र दिवस परेड में शामिल होने का गौरवपूर्ण अवसर भी मिला। इस दौरान उन्होंने अन्य बहादुर बच्चों के साथ जीप की सवारी की और देश के तत्कालीन राष्ट्रपति प्रणब मुखर्जी को सलामी दी। बाद में भीगी आंखों और रुंधे गले से उन्होंने बताया कि बेटी के कर्मों से मिला यह सम्मान उसे उनके बीच हमेशा जीवित रखेगा। उन्होंने यह भी कहा कि वह डॉक्टर बनकर समाज की सेवा करना चाहती थी लेकिन नियति को शायद यह मंजूर न था।

[*सीख* : इनसान को हर परिस्थिति में अपने प्रयास ईमानदारी से करने चाहिए।]

नीलम ने बचाई नन्ही जान

कुमारी नीलम ध्रुव

छत्तीसगढ़ की रहने वाली आठ साल की नीलम ध्रुव तीसरी कक्षा की छात्रा है। मासूम नीलम स्वभाव से चंचल जरूर है मगर कम उम्र के बावजूद समझदारी भी पूरी रखती है। यह उसकी बहादुरी और समझदारी ही तो थी कि उसने चार साल की एक बच्ची को अपने दम पर ही डूबने से बचा लिया।

घटना 19 मई, 2016 की है। नीलम चार वर्षीया अपनी एक सहेली टिकेश्वरी ध्रुव के साथ शीतला तालाब में स्नान करने गई थी। गर्मी के मौसम में तालाब के ठंडे पानी से नहाना दोनों को ही खूब भा रहा था। एक-दूसरे पर पानी की छींटें मारने में भी दोनों को खासा मजा आ रहा था। अचानक टिकेश्वरी का पांव फिसला और वह गहरे पानी में गिर गई। खुद को डूबता देख टिकेश्वरी ने मदद के लिए चिल्लाना शुरू कर दिया।

मासूम नीलम को जब आसपास कोई मदद के लिए नजर नहीं आया तो वह खुद ही उसे बचाने के लिए गहरे पानी में कूद गई। तालाब के पानी में फिसलन होने के कारण नीलम को उसे पकड़ने और बचाने में काफी परेशानी हो रही थी। बावजूद इसके वह अपनी कोशिश करती रही। ...और कुछ नहीं सूझा तो नीलम ने टिकेश्वरी को उसके बालों से पकड़कर ही उसे किनारे की ओर लाना शुरू कर दिया। आखिरकार नीलम उसे सुरक्षित किनारे तक ले ही आई।

नीलम की सूझ-बूझ और बहादुरी से एक मासूम बच्ची की जान बच गई। तब तक और भी काफी लोग पहुंच चुके थे। सभी ने दोनों को किनारे पर संभाल लिया और उन्हें प्राथमिक उपचार भी दिया। नीलम की इस बहादुरी को भी सभी ने एकमत से स्वीकार किया और उसे खूब सराहा भी। टिकेश्वरी के माता-पिता ने भी नीलम को खूब सारा प्यार-दुलार दिया।

नीलम को उसकी इस बहादुरी के लिए स्कूल में भी पुरस्कृत किया गया और जिला स्तर पर भी। जिला उपायुक्त कार्यालय से बाद में उसका नाम 'राष्ट्रीय वीरता पुरस्कार' के लिए भी अग्रसारित कर दिया गया। 'भारतीय बाल कल्याण परिषद' के निर्णायक मंडल को भी नीलम की बहादुरी गाथा प्रभावित करने वाली लगी तो उसका चयन वर्ष 2016 के 'राष्ट्रीय वीरता पुरस्कार' के लिए कर लिया गया।

23 जनवरी, 2017 को वह ऐतिहासिक दिन भी आया जब नीलम को उसके माता-पिता की मौजूदगी में देश के प्रधानमंत्री नरेन्द्र मोदी ने स्वयं 'राष्ट्रीय वीरता पुरस्कार' से नवाजा। पुरस्कार स्वरूप उसे नकद राशि, प्रशस्ति पत्र और मेडल प्रदान किया गया। नीलम की पढ़ाई का खर्च भी अब सरकार द्वारा ही वहन किया जाएगा। नीलम को इस दौरान देश के तत्कालीन

राष्ट्रपति प्रणब मुखर्जी, दिल्ली के उपराज्यपाल नजीब जंग और मुख्यमंत्री अरविंद केजरीवाल से भी मुलाकात का अवसर मिला।

नीलम के लिए वह क्षण भी न भूलने वाला था जब 26 जनवरी को राजपथ से होकर गुजरने वाली गणतंत्र दिवस परेड में शामिल होने का अवसर मिला। नीलम ने अन्य बहादुर बच्चों के साथ खुली जीप की सवारी की और राष्ट्रपति को सलामी दी। नीलम ने बताया कि टिकेश्वरी को बचाते हुए उसे खुद भी तालाब में डूबने का भय सता रहा था लेकिन ईश्वर की मदद से सब ठीक हो गया। नीलम बड़ी होकर पुलिस अफसर बनना चाहती है।

[*सीख* : सच्चा मित्र वही होता है जो मुसीबत में काम आता है।]

सोनू की बहादुरी से निष्फल हुआ कोबरा का हमला

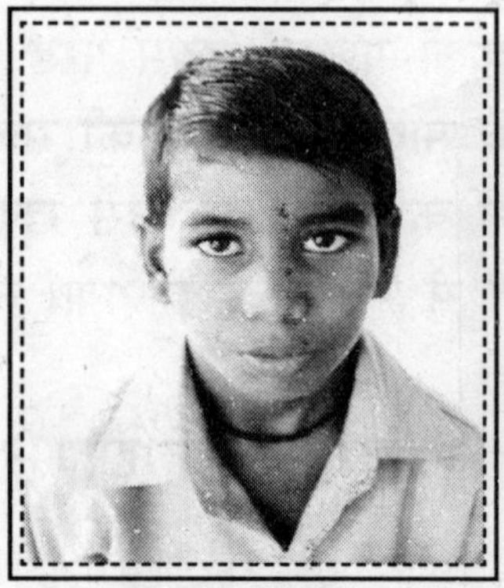

सोनू माली

राजस्थान का रहने वाला नौ साल का सोनू माली सरकारी स्कूल में पांचवीं कक्षा का छात्र है! तीन भाई-बहनों में से एक सोनू के पिता अब इस दुनिया में नहीं हैं। घर चलाने के लिए मां मजदूरी करती है। ऐसे में सोनू अपनी पढ़ाई पर हमेशा ही विशेष ध्यान देता है ताकि बड़े होकर कोई अच्छी नौकरी पा सके और मां को आराम दे सके। इस उम्र में भी सोनू ने अपनी बहादुरी से मां को सम्मान तो दिलवा ही दिया है।

यह घटना 21 सितंबर, 2015 की है। स्कूल में पहली से पांचवीं कक्षा तक के विद्यार्थियों की संयुक्त कक्षा चल रही थी। करीब 70 छात्र-छात्राएं वहां बरामदे के फर्श पर बैठे थे। वहीं पर एक तह किया हुआ आसन रखा था। अचानक एक चार फुट लंबा काला कोबरा सर्प उस आसन के अंदर घुस गया। हालांकि इस पर किसी की भी निगाह नहीं पड़ी।

स्कूल की छुट्टी होने पर जब छात्रों ने उस आसन को कक्षा के भीतर रखना चाहा तो स्पर्श से क्रोधित हो वह सर्प बाहर निकल आया और फन हिलाने लगा। अपना फन हिलाते हुए वह एक छात्र धर्मेन्द्र माली की ओर बढ़ा। तभी सोनू भागकर वहां पहुंचा और उसने धर्मेन्द्र को अपनी गोद में उठाकर सर्प से अलग कर दिया।

सोनू की सूझ-बूझ और उसके इस बहादुरीपूर्ण साहसिक कृत्य से एक अन्य छात्र की जान बच गई। तब तक वहां अन्य बच्चे और अध्यापक भी पहुंच चुके थे। सभी ने पहले

दोनों की कुशल-क्षेम जानी और उसके बाद उस कोबरा को वहां से भगाया। सोनू की इस बहादुरी को भी सभी ने खूब सराहा। बाद में घर पहुंचने पर धर्मेन्द्र के माता-पिता ने भी सोनू को खूब दुआएं दीं।

सोनू को उसकी इस बहादुरी के लिए स्कूल में भी पुरस्कृत किया गया और जिला स्तर पर भी। जिला मजिस्ट्रेट के कार्यालय से उसका नाम 'राष्ट्रीय वीरता पुरस्कार' के लिए भी भेज दिया गया। 'भारतीय बाल कल्याण परिषद' के निर्णायक मंडल को भी सोनू की यह बहादुरी गाथा प्रभावित करने वाली लगी तो उसका चयन वर्ष 2016 के 'राष्ट्रीय वीरता पुरस्कार' के लिए कर लिया गया।

23 जनवरी, 2017 को नई दिल्ली में आयोजित एक भव्य समारोह में सोनू को उसकी मां की मौजूदगी में देश के प्रधानमंत्री नरेन्द्र मोदी ने स्वयं 'राष्ट्रीय वीरता पुरस्कार' से नवाजा। पुरस्कार स्वरूप उसे नकद राशि, प्रशस्ति पत्र और मेडल प्रदान किया गया। सोनू की आगे की पढ़ाई का खर्च भी अब सरकार द्वारा वहन किया जाएगा। सोनू को बाद में देश के तत्कालीन राष्ट्रपति प्रणब मुखर्जी, दिल्ली के उपराज्यपाल नजीब जंग और मुख्यमंत्री अरविंद केजरीवाल से भी मुलाकात का अवसर मिला।

सोनू के लिए वह क्षण भी कम गौरवशाली नहीं था जब 26 जनवरी को ऐतिहासिक राजपथ से होकर गुजरने वाली गणतंत्र दिवस परेड में शामिल होने का अवसर मिला। सोनू ने अन्य बहादुर बच्चों के साथ खुली जीप की सवारी की और राष्ट्रपति को सलामी दी। सोनू ने बताया कि धर्मेन्द्र को बचाते हुए उसे खुद भी डर लग रहा था कि सर्प कहीं उसे ही न डंक मार दे मगर अपने दोस्त को बचाना भी जरूरी था। इसलिए हार नहीं मानी और हिम्मत से काम लिया। सोनू बड़ा होकर शिक्षक बनना चाहता है। उसकी यह भी इच्छा है कि उसकी मां को मजदूरी न करनी पड़े।

[*सीख* : सच्चा मित्र वही होता है जो मुसीबत में काम आता है।]

मोहन की बहादुरी से बची डूबते मित्र की जान

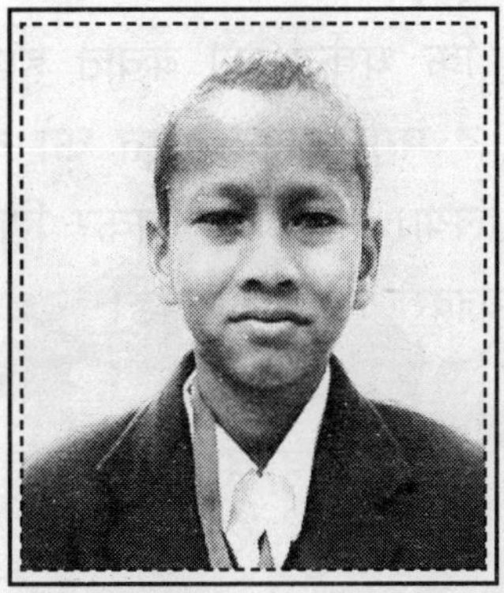

मोहन सेठी

ओडिसा का रहने वाला 11 वर्षीय मोहन सेठी सातवीं कक्षा में पढ़ता है। निम्न मध्यवर्गीय परिवार से संबंध रखने वाले मोहन के पिता पेपर एजेंट हैं जबकि उनकी मां गृहिणी हैं। मोहन की एक बहन भी है। मोहन थोड़े शर्मीले स्वभाव का जरूर है लेकिन उसका मिलनसार व्यवहार उसे सभी से जोड़ देता है। समय आने पर उसने बहादुरी की ऐसी मिसाल पेश की कि हर कोई दंग रह गया।

यह घटना 28 जून, 2015 की है। मोहन अपने दोस्त हमउम्र सब्यासाची के साथ स्थानीय गेंगुटी नदी में स्नान करने के लिए गया था। भीषण गर्मी के मौसम में नदी में स्नान करना तन-मन को सुकून देने वाला था। इसीलिए दोनों नहाने के साथ-साथ खेलकूद भी करने लगे। इसी बीच सब्यासाची का संतुलन बिगड़ गया। पांव फिसलने से वह गहरे पानी में जा गिरा। हालांकि उसने स्वयं को बचाने का बहुत प्रयास किया मगर कामयाब नहीं हुआ। धीरे-धीरे वह पानी के तेज बहाव के साथ बहने लगा। जब कुछ और नहीं सूझा तो वह सहायता के लिए चिल्लाने लगा।

यह दृश्य देख मोहन की तो हालत खराब हो गई। वह चारों तरफ मदद के लिए नजरें दौड़ाने लगा लेकिन जब आसपास कोई नजर नहीं आया तो एक कपड़ा हाथ में लेकर वह खुद ही नदी में कूद गया। नदी के गहरे पानी की तरफ जाकर उसने वो कपड़ा सब्यासाची

की तरफ फेंका और उससे उस कपड़े का छोर पकड़ने को कहा। सब्यासाची ने कपड़े का एक छोर पकड़ लिया जबकि मोहन कपड़े के दूसरे छोर के सहारे उसे किनारे की तरफ खींचने लगा।

पानी का तेज बहाव उन्हें किनारे की तरफ बढ़ने से लगातार रोक रहा था। लेकिन मोहन ने भी हिम्मत नहीं हारी। तेज बहाव से संघर्ष करते हुए अंततः मोहन सब्यासाची को बचाने और उसे किनारे तक लाने में कामयाब हो ही गया। तब तक किनारे पर कुछ और लोग भी जमा हो चुके थे। सभी ने किनारे पर पहुंचने के बाद उन दोनों को संभाला और उन्हें प्राथमिक उपचार भी दिया।

मोहन और सब्यासाची जब घर पहुंचे और परिजनों एवं आसपास रहने वालों को इस घटना की जानकारी मिली तो सभी ने मुक्त कंठ से मोहन की हिम्मत और सूझ-बूझ को सराहा। बात जब इन दोनों के स्कूल तक पहुंची तो वहां भी प्रात:कालीन प्रार्थना सभा में मोहन के लिए तालियां बजीं। घटना के विषय में स्थानीय समाचार-पत्रों में भी खबर छपी। अखबारों के माध्यम से ही यह खबर जिला मजिस्ट्रेट के कार्यालय तक जा पहुंची तो वहां से मोहन का नाम

'राष्ट्रीय वीरता पुरस्कार' के लिए 'भारतीय बाल कल्याण परिषद' को अग्रसारित कर दी गई।

'भारतीय बाल कल्याण परिषद' की निर्णायक समिति को भी मोहन की बहादुरी ने प्रभावित किया। लिहाजा, उसका चयन 'राष्ट्रीय वीरता पुरस्कार' के लिए कर लिया गया। 23 जनवरी, 2017 को नई दिल्ली में आयोजित एक भव्य समारोह में मोहन को प्रधानमंत्री नरेन्द्र मोदी ने 'राष्ट्रीय वीरता पुरस्कार' से नवाजा। पुरस्कार स्वरूप उसे नकद राशि, प्रशस्ति पत्र और मेडल प्रदान किया गया। इस अवसर पर उपस्थित मोहन के माता-पिता की भी अपने बेटे की इस उपलब्धि पर आंखें भर आईं।

मोहन के लिए वह दिन भी कम गौरवशाली न था जब उसे अन्य बहादुर बच्चों के साथ ऐतिहासिक राजपथ पर गणतंत्र दिवस परेड में खुली जीप की सवारी करने और देश के राष्ट्रपति प्रणब मुखर्जी को सलामी देने का अवसर मिला। मोहन ने बताया कि सब्यासाची को बचाने के लिए जब वह गहरे पानी में कूदा तो उसे भी डर लग रहा था लेकिन मित्र की जान बचाने को उसने ज्यादा अहमियत दी। मोहन बड़ा होकर सैनिक बनने और देश की सेवा करने का सपना मन में संजोए हुए है।

[*सीख* : विपत्ति के समय जरूरतमंद के काम आना ही सच्चा मानव धर्म है।]

सिया की सूझ-बूझ से बची छोटे भाई की जान

सिया वामनसा खोडे

कर्नाटक निवासी दस साल की सिया वामनसा खोडे सातवीं कक्षा की छात्रा है। उसके पिता प्रिंटिंग प्रेस चलाते हैं जबकि मां गृहिणी है। सिया का चार वर्षीय एक छोटा भाई भी है। शर्मीले स्वभाव की सिया आम तौर पर घर में ही रहना पसंद करती है। पढ़ाई में वह अच्छी है और सूझ-बूझ में भी उसका जवाब नहीं। वक्त आने पर सिया ने दिखा दिया कि वह बहादुर भी कम नहीं है।

घटना 14 अप्रैल, 2015 की है। सिया अपने छोटे भाई और चचेरे भाइयों के साथ घर पर ही खेल रही थी। थोड़ी देर बाद उन्होंने सोचा कि क्यों न घर की छत पर चलकर खेला जाए। सभी ऊपर जाने लगे। सिया ने देखा कि उसका छोटा भाई वहां नहीं है। उसने इधर-उधर नजर दौड़ाई तो वह एक कोने में गुमसुम-सा बैठा दिखाई दिया। पहले तो सिया कुछ समझ ही न पाई लेकिन जब सारा माजरा समझ में आया तो उसके होश उड़ गए।

वह बिजली के चालू तार की चपेट में था। करंट के मारे बोल भी नहीं पा रहा था। सिया ने तुरंत हाथ बढ़ाकर उसे बचाना चाहा मगर तुरंत उसे खयाल आया कि इस तरह तो वह भी करंट की चपेट में आ जाएगी। वह अपने भाई को खोना भी नहीं चाहती थी और इतना समय भी नहीं था कि वह मदद के लिए किसी और को बुलाने जाती।

ऐसे में सिया ने कुछ सोचा और फिर अपने भाई को उसकी कमीज के कॉलर से पकड़कर और पूरी ताकत से खींच लिया। सिया को भी जोर से करंट लगा और उसका भाई तो बेहोश

ही हो गया। भाई को अचेत अवस्था में देख सिया जोर से मदद के लिए चिल्ला पड़ी। बेटी की चीख सुनकर घर के बाहर बैठे उसके माता-पिता एकदम भीतर आ गए। बेटे को बेहोश देखकर तुरंत उसे अस्पताल ले गए। प्राथमिक उपचार के बाद कुछ ही देर में उसको होश आ गया।

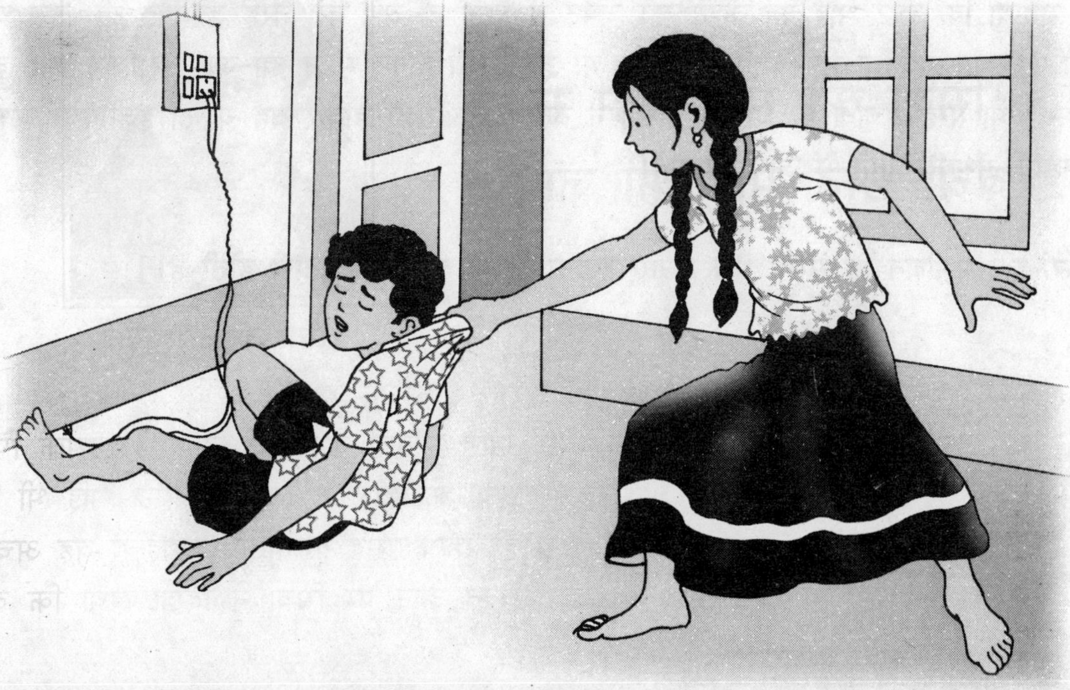

छोटे बच्चे को होश में देखकर ही सबकी जान में जान आई। सिया के चेहरे पर एकाएक मुस्कान खिल गई। अब तो सभी सिया की तारीफों के पुल बांधने लगे। सब ने उसकी सूझ-बूझ को भी सराहा और बहादुरी को भी। सभी ने माना कि सिया ने समझदारी नहीं दिखाई होती तो आज न वह जीवित होती और न ही उसका भाई। स्कूल में भी सिया को उसकी बहादुरी के लिए पुरस्कृत किया गया।

स्कूल प्रबंधन ने ही बाद में सिया का नाम 'राष्ट्रीय वीरता पुरस्कार' के लिए 'भारतीय बाल कल्याण परिषद' को भेज दिया। परिषद के निर्णायक मंडल को भी सिया की बहादुरी सराहनीय लगी। इसीलिए उसका चयन भी कर लिया गया। 23 जनवरी, 2017 को दिल्ली में आयोजित एक समारोह में प्रधानमंत्री नरेन्द्र मोदी ने स्वयं उसे 'राष्ट्रीय वीरता पुरस्कार' से नवाजा। पुरस्कार स्वरूप उसे नकद राशि, प्रशस्ति पत्र और मेडल प्रदान किया गया। इस

गौरवशाली क्षण में सिया के माता-पिता भी उसके साथ वहां उपस्थित थे।

सिया की आंखों की चमक तब भी देखते ही बनती थी जब उसे गणतंत्र दिवस परेड का हिस्सा बनने का मौका मिला। ऐतिहासिक राजपथ से खुली जीप में गुजरते हुए सिया ने अन्य बहादुर बच्चों के साथ देश के तत्कालीन राष्ट्रपति प्रणब मुखर्जी को सलामी भी दी। सिया ने बताया कि छोटे भाई को करंट की चपेट में देखा तो वह बुरी तरह डर गई थी। उसे यह भी डर लग रहा था कि कहीं वह खुद भी करंट की चपेट में न आ जाए। लेकिन भाई को किसी भी तरह बचाना तो था ही। सिया ने बताया कि बड़ी होकर वह या तो इंजीनियर बनना चाहेगी अथवा आर्मी में जाना चाहेगी।

[*सीख* : मुसीबत के समय धैर्य बनाए रखना सबसे बड़ी समझदारी होती है।]

थंगिलमंग की बहादुरी से बचा मेगोवीज का जीवन

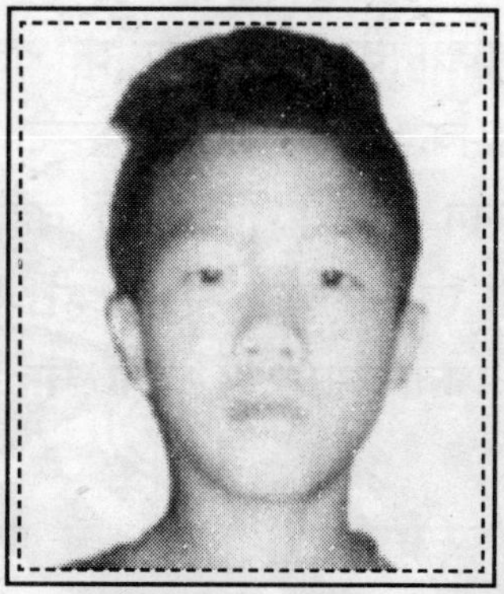

थंगिलमंग लंकिम

नागालैंड का रहने वाला 11 वर्षीय थंगिलमंग लंकिम 7वीं कक्षा का छात्र है। दो बहनों का इकलौता भाई थंगिलमंग दूसरों की मदद को सदैव तैयार रहता है। उसकी यही आदत उसे सबका प्यार और अपनापन दिलाती है। थंगिलमंग के इसी स्वभाव ने उसे देश का शीर्षस्थ बहादुरी पुरस्कार भी दिलाया।

दरअसल, घटना 15 सितंबर, 2015 की है। दोपहर का वक्त था। मेगोवीज और उसका बड़ा भाई एक नदी का पुल पार कर रहे थे। बारिश की वजह से पुल पर फिसलन बनी हुई थी। बहुत संभल-संभलकर चलने पर भी फिसलन के कारण मेगोवीज नदी में गिर पड़ा और पानी के तेज बहाव संग बहने लगा। उसका असहाय भाई मदद के लिए चिल्ला रहा था लेकिन वहां कोई नजर नहीं आ रहा था।

संयोग से थंगिलमंग उस समय स्कूल से घर लौट रहा था। उसने मदद की पुकार सुनी तो तुरंत पांच फुट गहरी नदी में छलांग लगा दी। हालांकि मेगोवीज तब तक तेज बहाव के साथ काफी दूर तक जा चुका था लेकिन थंगिलमंग ने भी हार नहीं मानी। वह उसे बचाने के लिए लगातार तैरता रहा। आखिरकार 120 मीटर तक तैरने के बाद थंगिलमंग मेगोवीज तक पहुंच ही गया। उसने उसे पकड़कर किनारे की ओर खींचने का प्रयास किया। यह कार्य भी आसान नहीं था और बीच-बीच में पानी का तेज बहाव भी उन्हें पीछे धकेल दे रहा था। लेकिन बिना थके संघर्ष करते-करते थंगिलमंग मेगोवीज को लेकर किनारे तक पहुंच ही गया।

मेगोवीज का बड़ा भाई उन दोनों को पास ही के एक चिकित्सालय में ले गया जहां उन्हें प्राथमिक उपचार दिया गया। मेगोवीज और उसके बड़े भाई ने थंगिलमंग का इस सहायता के लिए तहेदिल से धन्यवाद किया। हालांकि तब तक इस घटना के बारे में दूर-दूर तक सूचना चली गई थी। सभी ने मुक्त कंठ से थंगिलमंग की इस बहादुरी को सराहा। स्कूल में भी थंगिलमंग के लिए प्रार्थना सभा में तालियां बजीं। मोहल्ले-पड़ोस में भी सभी ने उसे दुआएं दीं।

जिला कलेक्टर के कार्यालय से बाद में थंगिलमंग का नाम 'भारतीय बाल कल्याण परिषद' के पास 'राष्ट्रीय वीरता पुरस्कार' के लिए अग्रसारित कर दिया गया। परिषद के निर्णायक मंडल को भी थंगिलमंग की बहादुरी गाथा ने प्रभावित किया। लिहाजा, उसका चयन कर लिया गया। 23 जनवरी, 2017 को नई दिल्ली में आयोजित एक समारोह में प्रधानमंत्री नरेन्द्र मोदी ने थंगिलमंग को 'राष्ट्रीय वीरता पुरस्कार' से नवाजा। पुरस्कार स्वरूप उसे नकद राशि, प्रशस्ति पत्र और मेडल प्रदान किया गया। थंगिलमंग की पढ़ाई के खर्च की जिम्मेदारी भी 'भारतीय बाल कल्याण परिषद' ने ले ली।

दिल्ली के उपराज्यपाल नजीब जंग और मुख्यमंत्री अरविंद केजरीवाल से मिलने के बाद थंगिलमंग के लिए गणतंत्र दिवस परेड का हिस्सा बनना भी कम गौरवशाली न था। खुली जीप की सवारी करते हुए उसने अन्य बहादुर बच्चों के साथ देश के तत्कालीन राष्ट्रपति प्रणब मुखर्जी को सलामी भी दी। थंगिलमंग ने बताया कि मेगोवीज को बचाने का प्रयास करते हुए उसको डर तो बहुत लग रहा था कि कहीं खुद भी न डूब जाए। लेकिन किसी असहाय को इस तरह डूबते हुए भी नहीं देख सकता था। थंगिलमंग ने बताया कि बड़ा होकर वह पुलिस या आर्मी का हिस्सा बनकर देश सेवा करना चाहता है।

[*सीख* : मानवता सबसे बड़ा धर्म होता है।]

...जब खाई में गिरते-गिरते बची बस

प्रफुल्ल शर्मा

मंडी हिमाचल प्रदेश का रहने वाला 12 वर्षीय प्रफुल्ल शर्मा आठवीं कक्षा का छात्र है। चेहरे से बहुत ही मासूम लेकिन हंसमुख स्वभाव वाला प्रफुल्ल अपने व्यवहार के कारण ही स्कूल में भी सभी का चहेता है। मुसीबत में हर किसी के काम आना उसके स्वभाव में शामिल है। उस दिन तो प्रफुल्ल ने कमाल ही कर दिया जब सूझ-बूझ और बहादुरी से उसने एक बड़ी दुर्घटना होने से रोक ली।

यह वाकया 13 दिसंबर, 2015 का है। स्कूल के बच्चों का एक समूह शैक्षिक भ्रमण के लिए धर्मशाला गया हुआ था। इस भ्रमण के दौरान सभी बच्चों ने बहुत कुछ सीखा और मस्ती भी की। वापसी में वे लोग थोड़ी देर के लिए शिवद्वाला में भी रुके। इस दौरान कुछ बच्चे और शिक्षक बस से नीचे उतरकर टहलने लगे जबकि कुछ बस में ही बैठे रहे। इसी बीच एक शरारती बच्चा बस की ब्रेक और गियर के साथ छेड़खानी कर दी।

छेड़छाड़ से बस की हैंडब्रेक हट गई और गियर बदलने के कारण बस पहाड़ी से नीचे खाई की तरफ बढ़ने लगी। बस में मौजूद बच्चों और शिक्षकों का कलेजा मुंह को आ गया। सभी मदद के लिए चिल्लाने लगे। बाहर मौजूद ड्राइवर के भी हाथ-पांव फूल गए। उसकी समझ में नहीं आ रहा था कि किस तरह से बस को रोका जाए। इसी बीच बस में मौजूद प्रफुल्ल ड्राइवर सीट की ओर लपका। पापा को कार चलाते देख उसे ब्रेक वगैरह के बारे में

थोड़ा आइडिया था। उसने दिमाग लगाकर पूरी ताकत से बस की ब्रेक दबा दी। बस एकदम रुक गई। इतने में ही ड्राइवर दौड़कर बस में चढ़ गया और उसने बस को अपने नियंत्रण में ले लिया। तब कहीं जाकर सबकी जान में जान आई। अब तो सभी ईश्वर और प्रफुल्ल का शुक्रिया अदा करने लगे जिसकी वजह से उन सभी की जान बच पाई।

अगले दिन स्कूल में प्रातःकालीन प्रार्थना सभा के दौरान प्रफुल्ल की इस बहादुरी के बारे में सभी को बताया गया और उसकी प्रशंसा में तालियां बजवाई गईं। स्कूल की ओर से उसे पुरस्कृत भी किया गया। प्रधानाचार्य की ओर से प्रफुल्ल का नाम राज्य स्तरीय पुरस्कार के लिए 'शिक्षा निदेशालय' और 'राष्ट्रीय वीरता पुरस्कार' के लिए 'भारतीय बाल कल्याण परिषद' को भी अग्रसारित कर दिया गया।

'भारतीय बाल कल्याण परिषद' के निर्णायक मंडल को भी प्रफुल्ल की बहादुरी गाथा ने प्रभावित किया। लिहाजा, उसका चयन 'राष्ट्रीय वीरता पुरस्कार' के लिए कर लिया गया। 23 जनवरी, 2017 को नई दिल्ली में हुए एक भव्य समारोह में प्रधानमंत्री नरेन्द्र मोदी ने प्रफुल्ल को वर्ष 2016 के 'राष्ट्रीय वीरता पुरस्कार' से नवाजा। पुरस्कार स्वरूप उसे नकद राशि, प्रशस्ति पत्र और मेडल प्रदान किया गया। प्रफुल्ल की आगे की पढ़ाई का खर्च भी

सरकार द्वारा ही वहन किया जाएगा। इस दौरान प्रफुल्ल के माता-पिता भी वहां उपस्थित थे और अपने बेटे की उपलब्धि पर फूले नहीं समा रहे थे।

ऐतिहासिक राजपथ पर भी प्रफुल्ल की खुशी उस समय देखते ही बनी जब उसे गणतंत्र दिवस परेड का हिस्सा बनने का मौका मिला। अन्य बहादुर बच्चों के साथ खुली जीप की सवारी करते हुए उसने एक ओर जनता का अभिवादन स्वीकार किया तो दूसरी ओर तत्कालीन राष्ट्रपति प्रणब मुखर्जी को सलामी दी। शिक्षक पिता की संतान प्रफुल्ल ने बताया कि जब बस खाई की ओर बढ़ रही थी तो हालत उसकी भी पतली हो गई थी लेकिन फिर सोचा कि हिम्मत हारने से क्या होगा, अपने हिस्से की कोशिश तो करनी ही चाहिए। यही सोचकर वह आगे बढ़ा और बस खाई में जाने से बच गई। इकलौती बहन का इकलौता भाई प्रफुल्ल बड़ा होकर डॉक्टर बनने की इच्छा रखता है।

[*सीख* : मुसीबत के समय धैर्य रखने से ही किसी भी समस्या का हल निकलता है।]

टंकेस्वर ने बचाई भाभी की जान

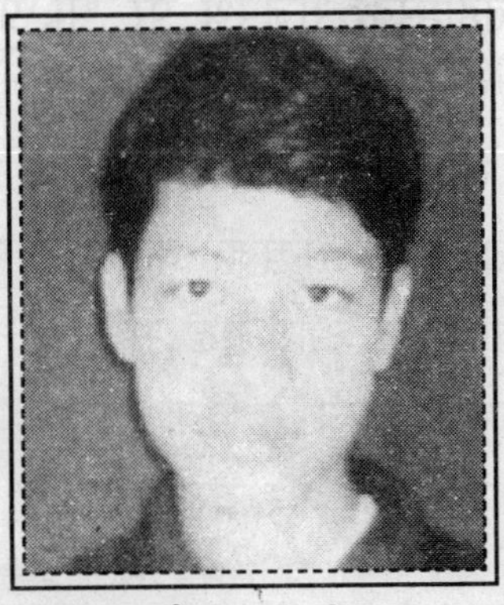

टंकेस्वर पीगू

आसाम का रहने वाला 16 वर्षीय टंकेस्वर पीगू 10वीं कक्षा का छात्र है। खेलकूद में हमेशा अव्वल रहने वाला टंकेस्वर एक अच्छा तैराक भी है। यह उसकी कुशल तैराकी का ही गुण रहा कि उसकी भाभी असमय काल का ग्रास बनने से बच गई।

घटना 20 जून, 2016 की है। अपनी 27 वर्षीया भाभी स्वर्णा पीगू के साथ टंकेस्वर कहीं रिश्तेदारी में जा रहा था। इस दौरान उन्हें झील भी पार करनी थी। जब देर तक कोई और नाव नहीं मिली तो वे चावलों के कट्टों से भरी एक मालवाहक नाव में ही बैठ लिए। नाव में पहले से ही वजन अधिक था। टंकेस्वर और उसकी भाभी के वजन से नाव और भारी हो गई और उसका संतुलन बिगड़ने लगा। हालांकि नाविक बहुत बच-बचकर नाव चला रहा था। लेकिन तब भी कुछ ही दूर पहुंचने पर नाव एकाएक पलट गई। चावलों और नाविक के साथ टंकेस्वर और उसकी भाभी भी 10 फुट गहरी झील में जा गिरे।

टंकेस्वर तो तैरना जानता था इसलिए तैरकर बच निकला मगर उसकी भाभी डूबने लगी। उसे पानी से भी डर लगता था। इसीलिए गहरी झील में गिरते ही वह उलटे-सीधे हाथ-पांव मारने लगी और घबराकर मदद के लिए चिल्लाने लगी। ऐसे में टंकेस्वर वापस झील में कूदा और भाभी को बचाने के लिए आगे बढ़ने लगा। डर था कि भाभी कहीं हार न मान जाए। अगर हिम्मत हार गई तो डूब जाएगी। टंकेस्वर ने और तेजी से तैरना शुरू किया। कुछ ही देर में वह अपनी भाभी तक पहुंच गया।

टंकेस्वर ने भाभी का हाथ पकड़ा और उन्हें किनारे की ओर खींचने लगा। भाभी थोड़ा मोटे शरीर की थी। ऐसे में उन्हें खींचने में भी टंकेस्वर को भरसक जोर लगाना पड़ रहा था। किनारा भी करीब 120 मीटर दूर था। लेकिन तब भी वह बिना हिम्मत हारे, लगातार प्रयास करता रहा। आखिरकार काफी देर की मशक्कत के बाद वह अपनी भाभी के साथ किनारे तक पहुंचने में सफल हो गया। तब तक किनारे पर कई लोग जमा हो चुके थे। उन सभी ने टंकेस्वर और उसकी भाभी को संभाला। पहले उन दोनों को प्राथमिक उपचार दिया और फिर पास के ही अस्पताल में ले गए। जहां कुछ समय रखे जाने के बाद दोनों स्वस्थ हो गए।

टंकेस्वर की इस बहादुरी से उसकी भाभी की जान तो बची ही, आसपास के इलाकों में उसने बहादुरी की भी मिसाल पेश की। भाभी के साथ-साथ हर किसी ने उसे दुआएं दी और उसके जज्बे को सराहा। गांव वालों ने तो उसे सार्वजनिक रूप से सम्मानित किया। स्कूल में भी उसे सभी की सराहना मिली। बाद में जिला कलेक्टर के यहां से टंकेस्वर का नाम 'राष्ट्रीय वीरता पुरस्कार' के लिए 'भारतीय बाल कल्याण परिषद' को भेज दिया गया। इस

वीरता पुरस्कार के लिए उसका चयन हो भी गया।

23 जनवरी, 2017 को नई दिल्ली में आयोजित एक भव्य समारोह में देश के प्रधानमंत्री नरेन्द्र मोदी ने उसे प्रतिष्ठित 'राष्ट्रीय वीरता पुरस्कार' से सम्मानित किया। पुरस्कार स्वरूप उसे नकद राशि, प्रशस्ति पत्र और मेडल प्रदान किया गया। इस दौरान उसके माता-पिता भी वहां उपस्थित थे। बेटे की उपलब्धि पर उनका सीना गर्व से फूला नहीं समा रहा था। उसकी पढ़ाई के खर्च का जिम्मा भी 'भारतीय बाल कल्याण परिषद' ने उठा लिया है।

तीन दिन बाद टंकेस्वर को गणतंत्र दिवस परेड में शामिल होने का मौका भी मिला। अन्य बहादुर बच्चों के साथ उसने खुली जीप की सवारी की और राजपथ के दोनों ओर बैठी जनता का अभिवादन स्वीकार किया जबकि दूसरी ओर देश के तत्कालीन राष्ट्रपति प्रणब मुखर्जी को सलामी दी।

टंकेस्वर के पिता होमगार्ड हैं। तीन बहनों का इकलौता भाई टंकेस्वर बड़ा होकर इंजीनियर बनना चाहता है। उसने बताया कि भाभी को बचाते हुए उसे खुद डर नहीं लगा। डर था तो केवल भाभी को लेकर। राष्ट्रीय स्तर पर वीरता का सर्वोच्च पुरस्कार पाकर टंकेस्वर ने गर्व का अहसास किया और ईश्वर को धन्यवाद अदा किया।

[*सीख* : अपने लिए तो सभी जीते हैं, लेकिन सबकी सराहना वही पाता है जो दूसरों के लिए जिए।]

...जब सदानंदा की मां आई करंट की चपेट में

मोइरंगथम सदानंदा सिंह

मणिपुर का रहने वाला 14 वर्षीय मोइरंगथम सदानंदा सिंह 10वीं कक्षा का छात्र है। पिता की मौत हो चुकी है, इसलिए दो भाइयों में से एक सदानंदा हमेशा मन लगाकर पढ़ाई करता है। खेलकूद में भी वह अकसर अव्वल रहता है। उसकी कोशिश है कि अपने पैरों पर खड़ा होकर जल्द से जल्द मां का सहारा बन सके। अपने चाचा को परिवार की जिम्मेंवारी से मुक्ति दिलाना चाहता है। हालांकि उसने अपनी प्रेरक बहादुरी से मां का सिर तो गर्व से ऊंचा कर ही दिया।

घटना 6 मई, 2016 की है। उस दिन सुबह से ही लगातार बारिश हो रही थी। सदानंदा की मां राधामनी देवी के आंगन में काफी पानी भर गया था। इस पानी को निकालने के लिए ही वहां बिजली का एक पंप लगा दिया गया। पंपिंग सेट का तार रसोईघर में लगे बिजली के बोर्ड से लगा था। दोपहर के भोजन का समय हुआ तो सदानंदा की मां खाना बनाने लगी। अचानक शॉर्ट सर्किट हुआ और सॉकेट में आग लग गई।

सदानंदा की मां ने घबराहट में बिजली के बोर्ड से पंप का प्लग निकालने की कोशिश की तो उन्हें जोर का झटका लगा। वह जोर से चिल्लाई। मां की चीख सुन उनके दोनों बेटे रसोई की ओर भागे। वहां मां को करंट की चपेट में आया देख सदानंदा के तो होश ही उड़ गए। पहले तो वह हक्का-बक्का रह गया। फिर कुछ सोच वह शयनकक्ष की ओर भागा। वहां से वह परदों में लगी लकड़ी की रॉड लेकर आया। अपनी मां के हाथ को करंट से

छुड़ाने के लिए उसने जोर से प्रहार किया। इस प्रहार के बाद क्षण भर खड़ी रहकर उसकी मां बेहोश होकर गिर पड़ी।

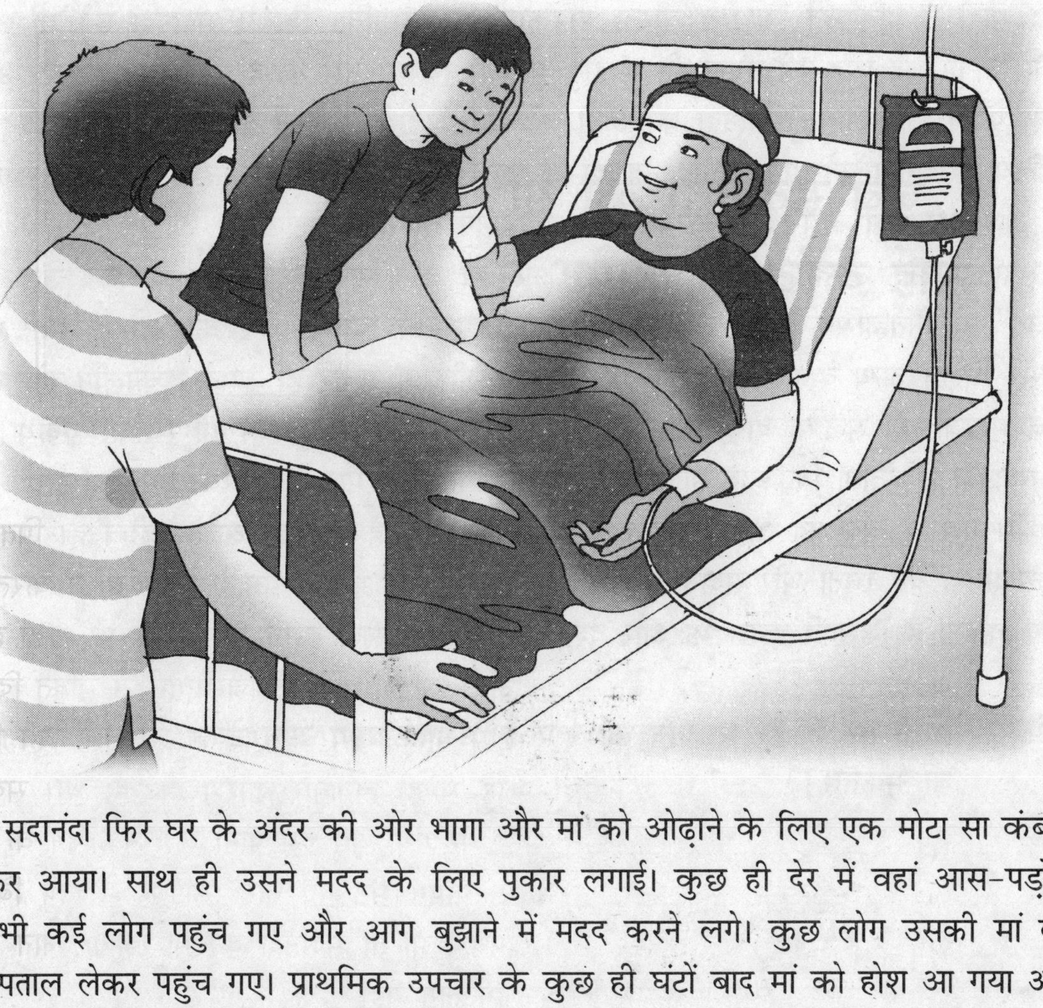

सदानंदा फिर घर के अंदर की ओर भागा और मां को ओढ़ाने के लिए एक मोटा सा कंबल लेकर आया। साथ ही उसने मदद के लिए पुकार लगाई। कुछ ही देर में वहां आस-पड़ोस से भी कई लोग पहुंच गए और आग बुझाने में मदद करने लगे। कुछ लोग उसकी मां को अस्पताल लेकर पहुंच गए। प्राथमिक उपचार के कुछ ही घंटों बाद मां को होश आ गया और अगले दिन उन्हें अस्पताल से छुट्टी भी दे दी गई।

इस तरह अपनी सूझ-बूझ और बहादुरी से सदानंदा ने अपनी मां को खोने से बचा लिया। जब मां को होश आया तो दोनों एक-दूसरे से लिपटकर खूब रोए। सदानंदा की इस बहादुरी को सभी ने सलाम किया। बाद में उसे स्कूल में भी इसके लिए सम्मानित किया गया और स्थानीय स्तर पर भी। जिला स्तर से सदानंदा का नाम 'राष्ट्रीय वीरता पुरस्कार' के लिए भेज दिया गया। जब 'भारतीय बाल कल्याण परिषद' की निर्णायक समिति ने सदानंदा की इस बहादुरी

गाथा के बारे में जाना तो समिति के सभी सदस्यों ने एकमत से उसका चयन कर लिया।

23 जनवरी, 2017 को नई दिल्ली में आयोजित किए गए समारोह में सदानंदा को प्रधानमंत्री नरेन्द्र मोदी ने प्रतिष्ठित 'राष्ट्रीय वीरता पुरस्कार' से सम्मानित किया। सदानंदा की मां और चाचा विपिन चंद्र सिंह की उपस्थिति में इस पुरस्कार स्वरूप उसे नकद राशि, प्रशस्ति पत्र और मेडल प्रदान किया गया। सदानंदा की आगे की सारी पढ़ाई के खर्च का जिम्मा भी परिषद ने ले लिया। सदानंदा को अन्य बहादुर बच्चों के साथ दिल्ली के तत्कालीन उपराज्यपाल नजीब जंग और मुख्यमंत्री अरविंद केजरीवाल ने भी मिलने के लिए बुलाया।

सदानंदा और उसकी मां के लिए वह क्षण भी कम गौरवशाली नहीं था जब उसे 26 जनवरी को ऐतिहासिक राजपथ से गुजरने वाली गणतंत्र दिवस परेड का हिस्सा बनने का अवसर मिला। अन्य बहादुर बच्चों के साथ खुली जीप में सवार हो उसने तत्कालीन राष्ट्रपति प्रणब मुखर्जी को सलामी दी और हाथ हिलाकर जनता का अभिवादन भी स्वीकार किया।

सदानंदा ने बताया कि चार साल पहले उसके पिता की मौत उच्च रक्तचाप के कारण हो गई थी। ऐसे में अब वह अपनी मां को नहीं खोना चाहता था। यही वजह रही कि उसे डर से ज्यादा मां की चिंता थी। सदानंदा ने बताया कि वह बड़ा होकर आई. पी. एस. अधिकारी बनना चाहता है। उसकी इच्छा मां और देश दोनों की ही सेवा करने की है।

[*सीख* : **धरती पर मां ही भगवान का रूप है। उसका ऋण जान देकर भी नहीं चुकाया जा सकता।**]

अकेले आदित्यन ने बचाई तीन बच्चों की जान

आदित्यन एम. पी. पिल्लई

केरल निवासी 14 वर्षीय आदित्यन एम.पी. पिल्लई 9वीं कक्षा का छात्र है। खाने-पीने का शौकीन आदित्यन शरीर से थोड़ा भारी जरूर है लेकिन उसकी चुस्ती-फुर्ती गजब की है। पढ़ाई- लिखाई के साथ-साथ खेलकूद में भी वह एक्टिव रहता है। उसकी इसी चुस्ती-फुर्ती की वजह से तीन बच्चों को नया जीवन मिल सका।

घटना 19 मई, 2016 की है। भीषण गर्मी पड़ रही थी। ऐसे में स्कूल से लौटने के बाद आदित्यन स्थानीय एम्बा नदी पर नहाने चला गया। नदी के ठंडे-ठंडे पानी में छई...छपा...छई करने में उसे खूब मजा आ रहा था। दूसरी तरफ 10 से 15 साल तक की उम्र के तीन अन्य बच्चे जयबल, एबल व मेलिशा भी वहां नहाने के लिए आए हुए थे। वे तीनों भी वहां खूब मस्ती कर रहे थे।

मस्ती करते-करते उनमें से एक का पैर फिसल गया और वह नदी की गहराई में चला गया। स्थिति नियंत्रण के बाहर होते देखी तो वह चीख-पुकार करने लगा। उसकी हालत देख और उसकी पुकार सुन उसके साथ के दोनों बच्चे भी उसे बचाने के लिए गहरे पानी में कूद पड़े। लेकिन पानी के बहाव में बहते हुए वे भी गहराई की तरफ पहुंच गए। अब तो तीनों बच्चे मदद के लिए चिल्लाने लगे।

आदित्यन ने बच्चों के चिल्लाने की आवाज सुनी तो वह बिना समय गंवाए तुरंत 11 फुट

की गहराई वाले क्षेत्र में उतर गया। पहले उसने एक लड़के एबल को पकड़ा और उसे किनारे की ओर धकेला। इसके बाद जयबल को उसके बालों से पकड़कर खींचा। इस दौरान मेलिशा ने भी उसको पकड़े रखा। बालों से पकड़े-पकड़े ही आदित्यन उसे भी किनारे तक ले आया। आखिर में वह मेलिशा को भी बचाने में कामयाब हो गया।

बच्चों की चीख-पुकार सुनकर इतनी ही देर में और भी कई लोग किनारे पर जमा हो चुके थे। जब आदित्यन सहित सभी बच्चे किनारे पर पहुंच गए तो वे लोग चारों को प्राथमिक उपचार के लिए पास ही के चिकित्सालय ले गए। वहां कुछ घंटे रखने के बाद सभी को छुट्टी मिल गई।

अपनी जान बचाने के लिए उन तीनों बच्चों ने तो आदित्यन का शुक्रिया अदा किया ही, उनके माता-पिता ने भी उसे ढेरों दुआएं दीं। अन्य लोगों ने भी आदित्यन की बहादुरी को सलाम किया। जब इस घटना की चर्चा उसके स्कूल तक पहुंची तो वहां भी आदित्यन के लिए ताली बजी। जिला स्तर पर भी उसे पुरस्कृत किया गया। बाद में जिला मजिस्ट्रेट के यहां से उसका नाम 'राष्ट्रीय वीरता पुरस्कार' के लिए 'भारतीय बाल कल्याण परिषद' को

भेज दिया गया।

'भारतीय बाल कल्याण परिषद' के निर्णायक मंडल ने भी आदित्यन की बहादुरी का सम्मान करते हुए उसका चयन कर लिया। 23 जनवरी, 2017 को नई दिल्ली में आयोजित एक भव्य समारोह में प्रधानमंत्री नरेन्द्र मोदी ने उसे प्रतिष्ठित 'राष्ट्रीय वीरता पुरस्कार' से सम्मानित किया। पुरस्कार स्वरूप उसे नकद राशि, प्रशस्ति पत्र और मेडल प्रदान किया गया। आदित्यन के माता-पिता भी इस गौरवशाली क्षण के गवाह बने।

26 जनवरी को ऐतिहासिक राजपथ पर आदित्यन को गणतंत्र दिवस परेड में शामिल होने का अवसर मिला। खुली जीप में सवारी करते हुए उसने बहादुर बच्चों के साथ देश के तत्कालीन राष्ट्रपति प्रणब मुखर्जी को सलामी भी दी। इस दौरान उसका और उसके माता-पिता सभी का सिर गर्व से ऊंचा और सीना चौड़ा था।

आदित्यन ने बताया कि वह एक भाई और एक बहन ही हैं। पिता गल्फ दुबई में सुरक्षा अधिकारी हैं। उसने बताया कि तीनों बच्चों को बचाने के क्रम में डर उसे खुद भी बहुत लग रहा था पर एक कुशल तैराक होने के नाते वह उन तीनों को डूबने नहीं दे सकता था। आदित्यन ने बताया कि बड़ा होकर वह एयरफोर्स अधिकारी बनना चाहता है।

[*सीख* : हिम्मत और सूझ-बूझ से काम लिया जाए तो असंभव कुछ नहीं होता।]

...जब अंशिका ने खट्टे किए बदमाशों के दांत

अंशिका पाण्डेय

लखनऊ की रहने वाली 15 वर्षीया अंशिका पाण्डेय 11वीं कक्षा की छात्रा है। वह पढ़ाई में हमेशा अव्वल रहती है तो स्कूल की अन्य गतिविधियों में भी बढ़-चढ़कर भाग लेती है। अंशिका दो भाई और तीन बहनों में से एक है। अपने मिलनसार व्यवहार के लिए तो वह सबकी प्रिय है ही, उस दिन तो उसने बहादुरी की भी मिसाल पेश कर अपने सभी प्रियजनों का सिर गर्व से ऊंचा कर दिया।

यह घटना 14 सितंबर, 2015 की है। सुबह का वक्त था। अंशिका साइकिल पर स्कूल जा रही थी। अभी वह अपने घर से करीब 500 मीटर दूर ही पहुंची होगी कि एक एसयूवी गाड़ी के चालक ने एक पता पूछने के बहाने उसे रोक लिया। जब वह पता बताने लगी तो उस चालक ने कहा कि पीछे बैठे साहब को बता दीजिए। अंशिका ने अपनी साइकिल थोड़ा पीछे की ओर कर कार में जैसे ही पिछली सीट पर बैठे शख्स को पता बताना चाहा तो उस शख्स ने उसे उसके बाल पकड़कर कार के भीतर खींचने का प्रयास किया।

अंशिका इस स्थिति से निपटने के लिए कतई तैयार नहीं थी। फिर भी सूझ-बूझ से काम लेते हुए उसने अपने पांव कार के दरवाजे में फंसा दिए ताकि कार का दरवाजा बंद न हो सके। इस पर उस व्यक्ति ने चालक से एक बोतल मांगी जिसमें कुछ तरल पदार्थ (संभवत: एसिड) था। उस व्यक्ति ने वह एसिड अंशिका की आंखों में डालने का प्रयास किया। लेकिन निरंतर

स्वयं को बचाने के प्रयास में लगी अंशिका ने उस व्यक्ति के हाथ पर जोर से काट लिया। वह व्यक्ति दर्द के मारे चीख उठा और उसके हाथ से वह बोतल भी गाड़ी में ही गिर गई।

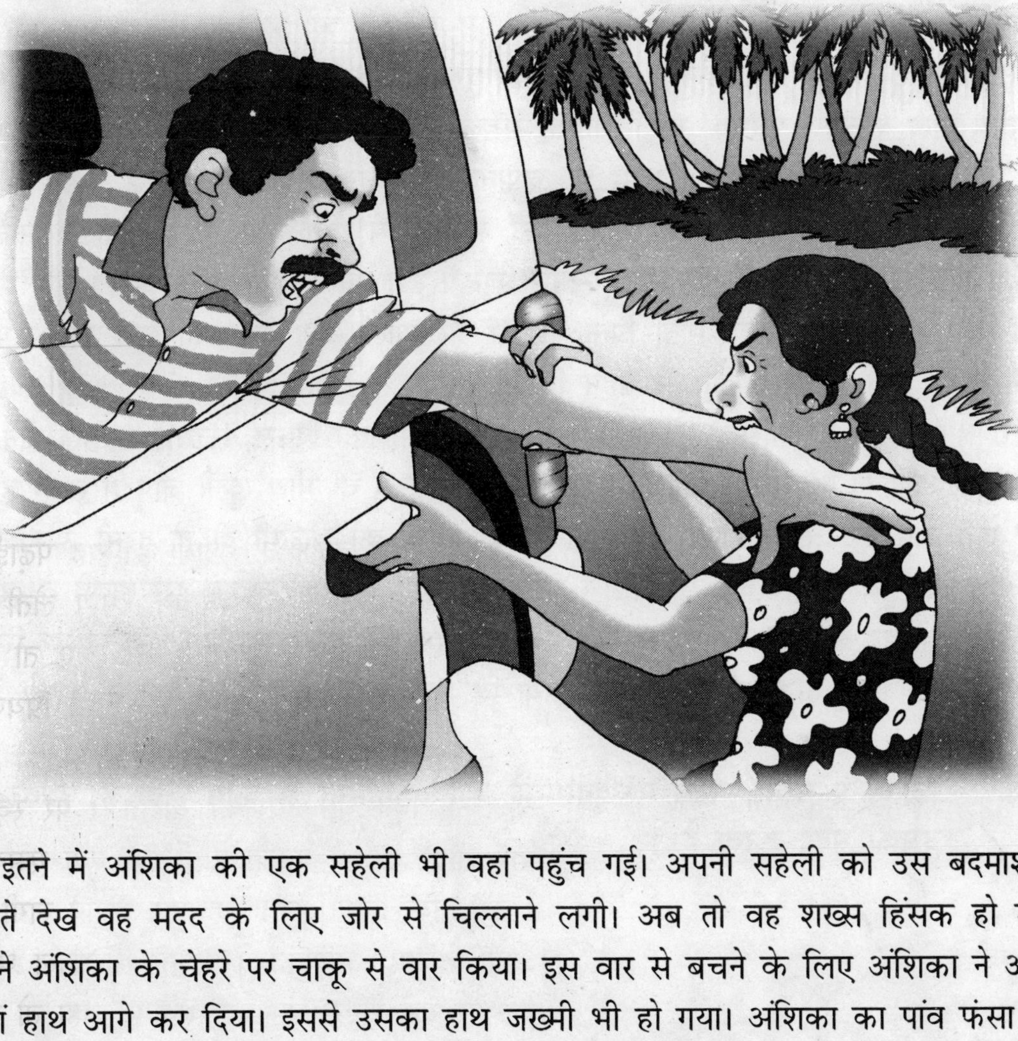

इतने में अंशिका की एक सहेली भी वहां पहुंच गई। अपनी सहेली को उस बदमाश से जूझते देख वह मदद के लिए जोर से चिल्लाने लगी। अब तो वह शख्स हिंसक हो उठा। उसने अंशिका के चेहरे पर चाकू से वार किया। इस वार से बचने के लिए अंशिका ने अपना दायां हाथ आगे कर दिया। इससे उसका हाथ जख्मी भी हो गया। अंशिका का पांव फंसा होने के कारण कार का दरवाजा बंद नहीं हो पा रहा था और वह शख्स अंशिका को भी काबू में नहीं कर पा रहा था। नतीजा, वह अंशिका को वहीं बाहर की ओर धकेलकर भाग गया।

तब तक मौका-ए-वारदात पर अनेक लोग जमा हो चुके थे। घायल और लहूलुहान अंशिका को पास ही स्थित पहले उसके घर ले जाया गया और फिर उसे उसके परिजन अस्पताल लेकर गए। वहां उसे उसकी मरहम-पट्टी कर छुट्टी दे दी गई। इस तरह अंशिका ने जिस

बहादुरी और सूझ-बूझ से अपनी रक्षा की, वह एक मिसाल बन गई। हर किसी ने उसकी पीठ थपथपाई। पुलिस ने भी उसे शाबाशी दी। स्कूल में तो उसको बाकायदा पुरस्कृत किया गया।

स्थानीय समाचार-पत्रों में भी अंशिका की इस बहादुरी को प्रमुखता से तवज्जो दी गई। जिला मजिस्ट्रेट के यहां से उसका नाम वीरता पुरस्कार के लिए प्रस्तावित कर दिया गया। 'भारतीय बाल कल्याण परिषद' के निर्णायक मंडल को अंशिका की बहादुरी भायी तो उसका नाम 'राष्ट्रीय वीरता पुरस्कार' के लिए भी चयनित कर लिया गया।

23 जनवरी, 2017 को दिल्ली में हुए एक समारोह में प्रधानमंत्री नरेन्द्र मोदी ने अंशिका को इस प्रतिष्ठित पुरस्कार से नवाजा। पुरस्कार स्वरूप उसे नकद राशि, प्रशस्ति पत्र और मेडल प्रदान किया गया। अंशिका के माता-पिता भी इस गौरवशाली क्षण के साक्षी बने। उसकी पढ़ाई का खर्च भी अब सरकारी खाते से वहन किया जाएगा।

26 जनवरी को ऐतिहासिक राजपथ से गुजरने वाली गणतंत्र दिवस परेड में शामिल होने का अवसर भी अंशिका को मिला। इस दौरान अन्य बहादुर बच्चों के साथ खुली जीप में सवार होकर उसने एक ओर देश के तत्कालीन राष्ट्रपति प्रणब मुखर्जी को सलामी दी तो दूसरी ओर जनता का अभिवादन स्वीकार किया। अंशिका ने बताया कि एकाएक घटित हुए इस हादसे के दौरान उसको डर तो हर क्षण बहुत लग रहा था किंतु आत्मरक्षा भी करनी ही थी। इसलिए हर स्थिति का मुकाबला किया। अंशिका ने यह भी बताया कि बड़ी होकर वह डॉक्टर बनना चाहती है।

[*सीख* : **हिम्मत-ए-मरदा, मदद-ए-खुदा। जो व्यक्ति हिम्मत से काम लेता है, ईश्वर भी उसकी मदद करता है।**]

अनजान को बचाने के लिए बिनिल ने लगाई नदी में छलांग

बिनिल मंजली

केरल का रहने वाला 15 वर्षीय बिनिल मंजली 11वीं कक्षा का छात्र है। बिनिल के पिता प्रोजेक्ट मैनेजर जबकि मां डॉक्टर है। यही वजह है कि वह भी मेडिकल स्ट्रीम की ही पढ़ाई कर रहा है। बिनिल स्वभाव से शर्मीला जरूर है लेकिन जरूरत के समय हर किसी की मदद करने वाला है। उस दिन भी उसने एक अनजान परिवार के लिए खुद की जान दांव पर लगा दी।

यह घटना 17 अप्रैल, 2016 की है। रात का वक्त था। बिनिल अपने परिवार के साथ एक समारोह से वापस लौट रहा था। वह सभी कार में थे। रास्ते में एक जगह बिनिल की बहन ने देखा कि एक करीब 10 साल का बच्चा सड़क पर गाड़ियों के आगे-पीछे दौड़ता हुआ मदद मांग रहा था। हालांकि कोई भी उसकी मदद को रुक नहीं रहा था। बिनिल ने अपनी कार रोक दी। कार रुकते ही वह मासूम लड़का बदहवास-सा भागता हुआ आया और उसने उन्हें बताया कि उसका परिवार वहां पेरियार नदी में गिर गया है। उसने परिवार को बचाने के लिए उनकी मदद मांगी।

बिनिल ने बगैर कोई क्षण गंवाए अपने कपड़े उतारे और 20 फुट गहरी नदी में छलांग लगा दी। उस मासूम बच्चे के परिवार में तीन लोग थे। बिनिल ने दूर तक हाथ-पांव मारे तो उस बच्चे की मां श्रीमती शाइबी मिल गई। बिनिल किसी तरह उन्हें किनारे तक सुरक्षित लाने में कामयाब हो गया। उन्हें किनारे पर छोड़ वह वापस नदी में कूदा और अन्य दो लोगों को

ढूंढ़ने का प्रयास करने लगा। लेकिन इस बार वह असफल रहा। काफी दूर तक तैरकर जाने और उन्हें ढूंढ़ने पर भी वे नहीं मिले।

तब तक बिनिल के माता-पिता ने पुलिस और अग्निशमन दल को भी सूचित कर दिया था। कुछ ही देर में वे सब वहां पहुंच गए। देर रात तक उन दोनों लापता लोगों को ढूंढ़ने के लिए सर्च अभियान चलाया गया लेकिन बाद में उनके शव ही बरामद हुए। इस हादसे में उस मासूम के दो परिजन तो चल बसे मगर बिनिल की तत्परता से कम से कम उसकी मां बच गई।

बिनिल की इस सूझ-बूझ व बहादुरी को हर किसी ने सराहा। पुलिस और अग्निशमन दल ने भी बिनिल की पीठ थपथपाई और बाद में उसे एक कार्यक्रम में पुरस्कृत भी किया। जब बिनिल के स्कूल तक इस घटना की जानकारी पहुंची तो वहां भी सभी ने बिनिल को सराहा। स्थानीय पुलिस ने बिनिल का नाम वीरता पुरस्कार के लिए भी अग्रसारित कर दिया। जब 'भारतीय बाल कल्याण परिषद' के निर्णायक मंडल ने इस घटना के बारे में जाना तो बिनिल का नाम वर्ष 2016 के 'राष्ट्रीय वीरता पुरस्कार' के लिए भी चयनित कर लिया गया।

23 जनवरी, 2017 को नई दिल्ली में आयोजित एक समारोह में प्रधानमंत्री नरेन्द्र मोदी ने बिनिल को 'राष्ट्रीय वीरता पुरस्कार' से नवाजा। पुरस्कार स्वरूप उसे नकद राशि, प्रशस्ति पत्र और मेडल प्रदान किया गया। बिनिल के माता-पिता भी इस गौरवशाली क्षण के गवाह बने। इस दौरान उनकी आंखें खुशी से छलक आईं।

बिनिल के माता-पिता का सीना तब भी गर्व के मारे फूला नहीं समा रहा था जब उसे 26 जनवरी को राजपथ से गुजरने वाली गणतंत्र दिवस परेड में शिरकत करने का अवसर मिला। इस अवसर पर अन्य बहादुर बच्चों के साथ खुली जीप की सवारी कर बिनिल ने एक ओर देश के तत्कालीन राष्ट्रपति प्रणब मुखर्जी को सलामी दी तो दूसरी ओर हाथ हिलाकर वहां मौजूद जनता का अभिवादन स्वीकार किया।

दो भाई-बहनों में से एक बिनिल को तैराकी आती है। इसके बावजूद उसने बताया कि रात के अंधेरे में जब वह उस मासूम बच्चे के परिजनों को बचाने के लिए नदी में कूदा तो डर लग रहा था। लेकिन डर के कारण वह उन्हें मरने के लिए भी नहीं छोड़ सकता था। बिनिल ने बताया कि वह बड़ा होकर डॉक्टर बनना चाहता है।

[*सीख* : इनसान ही इनसान के काम आता है। यही सच्ची मानवता है।]

जब भाई-बहन ने मिलकर बदमाशों के दांत किए खट्टे

अक्षिता शर्मा

अक्षित शर्मा

दिल्ली निवासी 16 वर्षीया अक्षिता शर्मा और 13 वर्षीय अक्षित शर्मा 11वीं और 8वीं कक्षा के विद्यार्थी हैं। दोनों प्रतिष्ठित दिल्ली पब्लिक स्कूल में पढ़ते हैं। मां रश्मि शर्मा शिक्षिका तथा पिता केवल कृष्ण प्राइवेट जॉब में हैं। दोनों पढ़ाई में तो अव्वल हैं ही, माता-पिता के कामकाजी होने के कारण सूझ-बूझ भी पूरी रखते हैं। उस दिन तो उन्होंने बहादुरी की भी ऐसी मिसाल पेश कर दी कि स्थानीय और राष्ट्रीय दोनों ही स्तर पर वे हीरो बन गए।

घटना 8 दिसंबर, 2015 की है। वक्त दोपहर का था। दोनों बच्चों के माता-पिता अपने-अपने काम पर गए हुए थे। अक्षिता और अक्षित स्कूल से वापस लौटे तो उन्हें घर के बाहर लगा लोहे का दरवाजा खुला हुआ मिला। यही नहीं, लकड़ी का दरवाजा भी बाहर से खुला जबकि अंदर से बंद था। दोनों ने दरवाजा खटखटाया तो कोई आवाज न आई। कई बार खटखटाया तो भीतर से अनजान-सी आवाज आई। आवाज न पहचानने के कारण बच्चों ने जवाब नहीं दिया।

खतरे को भांप अक्षिता ने दरवाजे के ऊपर बने रोशनदान से अंदर झांकने की कोशिश की तो देखा कि दो अजनबी आदमी ड्राइंग रूम में घूम रहे हैं। इस बीच अक्षित दरवाजा खटखटाता रहा ताकि चोरों को उन पर शक नहीं हो। तभी उन्होंने देखा कि उन दोनों चोरों में से एक चोर सामान के साथ बालकनी में से कूद रहा है। यह देख, अक्षिता उसी ओर दौड़ी

और उसे पकड़ने की कोशिश करने लगी। लेकिन उस चोर ने उसकी गरदन पकड़ ली और उसे थप्पड़ मारने लगा। इस हाथापाई में अक्षिता का चश्मा जमीन पर गिर गया और वह चोर भी भाग निकला।

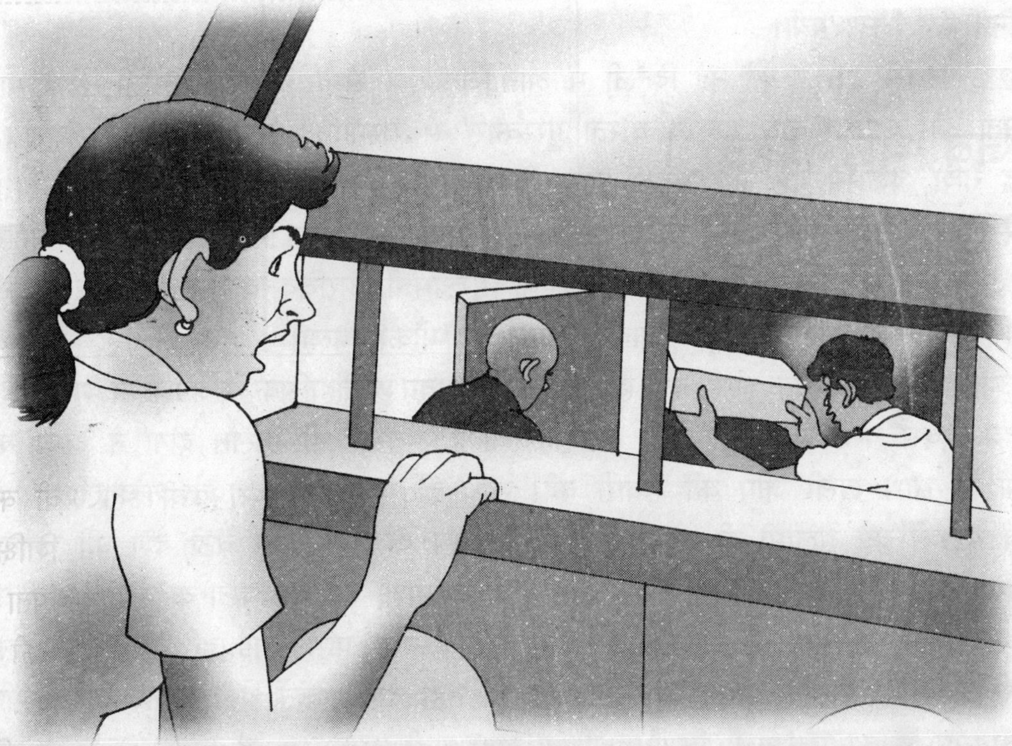

कुछ देर में जब दूसरा चोर भी बैग में सामान भरकर बालकनी से भागने लगा तो अक्षित ने अपना स्कूल बैग एक ओर फेंका और तेजी से उसकी ओर लपका। अक्षिता भी उस पर झपट पड़ी। दोनों भाई-बहन ने उस चोर को कसकर पकड़ लिया और चोर-चोर चिल्लाने लगे। उनकी आवाज सुन कुछ ही देर में वहां पास-पड़ोस के लोग पहुंच गए। सभी ने चोर की पिटाई की और उसे पुलिस के हवाले कर दिया। बाद में पुलिस की पूछताछ में दूसरे चोर का भी पता चल गया और वह पकड़ा गया।

इस प्रकार अक्षिता और अक्षित ने अपनी सूझ-बूझ और बहादुरी से न केवल दो-दो बदमाशों का मुकाबला किया बल्कि चोरी को भी निष्फल कर दिया। उनकी बहादुरी को पड़ोसियों ने भी सलाम किया और पुलिस ने तो बाकायदा पुरस्कार देकर सम्मानित किया। जब स्कूल प्रबंधन को उनकी बहादुरी की जानकारी मिली तो वहां भी दोनों भाई-बहन की

पीठ थपथपाई गई। पुलिस की अनुशंसा पर अक्षिता और अक्षित का नाम वीरता पुरस्कार के लिए प्रस्तावित कर दिया गया। 'भारतीय बाल कल्याण परिषद' के निर्णायक मंडल को भी उन दोनों की बहादुरी गाथा पसंद आई और उनका नाम 'राष्ट्रीय वीरता पुरस्कार' के लिए चयनित कर लिया गया।

23 जनवरी, 2017 को नई दिल्ली में आयोजित एक समारोह में प्रधानमंत्री नरेन्द्र मोदी ने अक्षिता और अक्षित को 'राष्ट्रीय वीरता पुरस्कार' से सम्मानित किया। पुरस्कार स्वरूप उन्हें नकद राशि, प्रशस्ति पत्र और मेडल प्रदान किया गया। इस अवसर पर उनके माता-पिता भी उपस्थित थे और अपने बच्चों की उपलब्धि पर फूले नहीं समा रहे थे। बाद में दोनों बच्चों को अन्य बहादुर बच्चों के साथ दिल्ली के मुख्यमंत्री अरविंद केजरीवाल और तत्कालीन उपराज्यपाल नजीब जंग से भी मुलाकात करने का मौका मिला।

अक्षिता और अक्षित दोनों को ही 26 जनवरी को ऐतिहासिक राजपथ से गुजरने वाली गणतंत्र दिवस परेड में हिस्सा लेने का गौरवशाली अवसर भी मिला। दोनों ने अन्य बहादुर बच्चों के साथ खुली जीप की सवारी की। साथ ही एक ओर देश के तत्कालीन राष्ट्रपति प्रणब मुखर्जी को सलामी दी तो दूसरी ओर राजपथ के दोनों ओर बैठी देश की जनता का अभिवादन स्वीकार किया। दोनों ने ही बताया कि बदमाशों का मुकाबला करते हुए उन्हें काफी डर लग रहा था। यह भी आशंका थी कि कहीं उनके पास कोई हथियार न हो, लेकिन अपनी आंखों के सामने अपना घर लुटते हुए भी नहीं देख सकते थे। इसलिए अपनी सामर्थ्य के अनुसार उनका मुकाबला किया। अक्षिता जहां बड़ी होकर चार्टर्ड एकाउंटेंट बनना चाहती है वहीं अक्षित एयरोनॉटिकल इंजीनियर बनने का सपना संजोए है।

[*सीख* : परेशानी कैसी भी क्यों न हो, उसका डटकर मुकाबला करना चाहिए।]

...और एक अजनबी को बचाने के लिए नदी में कूद पड़ा अखिल

अखिल के. शिबु

केरल का रहने वाला 16 वर्षीय अखिल के. शिबु 12वीं कक्षा का छात्र है। ड्राइवर पिता की संतान अखिल दो भाई-बहनों में से एक है। परिवार की आर्थिक स्थिति अच्छी नहीं है। इसीलिए अखिल की कोशिश है कि अच्छे से पढ़-लिखकर वह बढ़िया सी नौकरी पा जाए ताकि अपने परिवार का सहारा बन सके। हालांकि उस दिन अखिल ने जिस सूझ-बूझ और बहादुरी का परिचय दिया, उसने अखिल और उसके परिवार को यश और कीर्ति की अमूल्य दौलत तो दे ही दी।

यह घटना 23 दिसंबर, 2015 की है। अखिल और उसका मित्र पम्पा नदी के किनारे फुटबाल खेल रहे थे। दूसरी ओर नदी के रामापुरम घाट पर हरिनारायनन और नौ अन्य व्यक्ति स्नान कर रहे थे। नहाते हुए ही हरिनारायनन नदी की तीव्र धारा में फंस गए और गहरे पानी में डूबने लगे। भय के मारे वह चिल्लाने भी लगे। उनके साथियों में से किसी को तैरना नहीं आता था। ऐसे में वे सब भी मदद की गुहार लगाने लगे।

अखिल ने चिल्लाने की आवाज सुनी तो उसे अहसास हुआ कि कोई व्यक्ति नदी में डूब रहा है। बिना समय गंवाए अखिल ने तुरंत उस व्यक्ति को बचाने के लिए नदी में छलांग लगा दी। वह तैरकर कुछ ही देर में उस जगह तक पहुंच गया जहां हरिनारायनन फंसे थे। उसने उनका हाथ पकड़ लिया ताकि उन्हें किनारे तक लाया जा सके। मगर इससे पहले कि वह उन्हें किनारे की ओर लाने का प्रयास करता, हरिनारायनन ने डर के कारण अखिल को ही कसकर पकड़ लिया। इससे अब वे दोनों ही नदी की गहराई में डूबने लगे।

ऐसे में अखिल ने सूझ-बूझ से काम लेते हुए अपनी नीति बदली। पहले वह पानी के नीचे गया और फिर दूसरी तरफ से हरिनारायनन को आगे की ओर धकेलने लगा। इसी तरह संघर्ष करते हुए वह उन्हें सुरक्षित किनारे तक पहुंचा पाने में सफल हो पाया। किनारे पहुंचने के बाद तुरंत ही उनके साथी उन्हें नजदीकी अस्पताल ले गए जहां प्राथमिक उपचार के बाद उन्हें छुट्टी दे दी गई। अब तो हर कोई अखिल की बहादुरी की दाद देने लगा। हरिनारायनन ने स्वयं भी उसका कोटि-कोटि आभार जताया।

हालांकि हरिनारायनन के साथियों ने तब तक पुलिस और अग्निशमन दल को भी फोन कर दिया था, अतः वे सब भी वहां पहुंच गए। उन सभी ने भी अखिल की खूब पीठ थपथपाई। सभी का कहना था कि अखिल समय पर उन्हें बचाने के लिए नदी में छलांग न लगाता तो हरिनारायनन को बचाना मुश्किल था। स्थानीय पुलिस ने तो अखिल को पुरस्कृत भी किया।

अखिल को उसकी इस बहादुरी के लिए स्कूल में भी सम्मान और प्रशंसा मिली। जिला स्तर पर उसका नाम वीरता पुरस्कार के लिए प्रस्तावित कर दिया। 'भारतीय बाल कल्याण

परिषद' की निर्णायक समिति ने भी अखिल की बहादुरी को मान्यता देते हुए उसका चयन 'राष्ट्रीय वीरता पुरस्कार' के लिए कर लिया।

23 जनवरी, 2017 को नई दिल्ली में आयोजित एक समारोह में प्रधानमंत्री नरेन्द्र मोदी ने अखिल को वर्ष 2016 के लिए प्रतिष्ठित 'राष्ट्रीय वीरता पुरस्कार' से सम्मानित किया। पुरस्कार स्वरूप उसे नकद राशि, प्रशस्ति पत्र और मेडल प्रदान किया गया। इस अवसर पर अखिल के माता-पिता भी वहीं पर थे और फूले नहीं समा रहे थे। अखिल की पढ़ाई-लिखाई को लेकर भी अब वे निश्चिंत थे क्योंकि उसका सारा खर्च अब सरकार ही वहन करेगी।

26 जनवरी को ऐतिहासिक राजपथ से गुजरने वाली गणतंत्र दिवस परेड में भी अखिल को शिरकत करने का अवसर मिला। अन्य बहादुर बच्चों के साथ उसने न केवल परेड में खुली जीप की सवारी की बल्कि देश के तत्कालीन राष्ट्रपति प्रणब मुखर्जी को सलामी भी दी। अखिल ने बताया कि जब हरिनारायनन ने उसको पकड़ लिया, तब तो एक बार वह खुद भी डर गया था क्योंकि दोनों ही गहरे पानी में जाने लगे थे। लेकिन फिर जब सूझ-बूझ से काम लिया तो कहीं जाकर मामला काबू में आया। अखिल ने बताया कि वह बड़ा होकर एयरफोर्स अफसर बनना चाहता है।

[*सीख* : हिम्मत और सूझ-बूझ से हर मुश्किल को पार किया जा सकता है।]

नमन की बहादुरी से बची डूबते बच्चे की जान

नमन

दिल्ली के पीतमपुरा में रहने वाला 16 वर्षीय नमन 12वीं कक्षा का छात्र है। गृहिणी मां पूनम और अभिनेता पिता शमशेर सिंह का बड़ा बेटा नमन खुद भी अभिनय का जौहर रखता है। सबसे बड़ी बात यह कि मिलनसार व्यवहार वाला नमन दूसरों की मदद करने के लिए भी हमेशा तत्पर रहता है। उस दिन भी वह इस कार्य में पीछे नहीं हटा।

गर्मियों की छुट्टियां चल रही थीं। नमन अपने अंकल के यहां सोनीपत गया हुआ था। घटना 2 जुलाई, 2015 की है। जब नमन अपने चार साथियों के साथ सोनीपत में ही यमुना नहर में नहाने के लिए गया। एक घंटे तक खूब मस्ती करने के बाद जब वे लोग कपड़े बदलकर वापस लौट रहे थे तो उन्होंने एक बच्चे को मदद के लिए चिल्लाते हुए सुना। बच्चे को पानी में डूबता देख नमन ने तुरंत 12 फुट गहरे पानी में छलांग लगा दी।

पानी के तेज बहाव के साथ बहता हुआ वह बच्चा काफी दूर जा चुका था। ऐसे में नमन पूरी ताकत से तैरते हुए उस बच्चे के पास पहुंचा। उसने उस बच्चे को पकड़ा और किनारे की ओर बढ़ने लगा। हालांकि नमन थक चुका था और उसकी सांसें भी उखड़ रही थीं, लेकिन वह हिम्मत रखते हुए आगे बढ़ने लगा। तभी उसे ध्यान आया कि पुल के नीचे का कुछ हिस्सा टूटकर पानी में गिरा हुआ था और उसमें नुकीले सरिए भी बाहर निकले हुए थे। ऐसे में उस तरफ से जाना दुर्घटना को न्योता देना था। अब नमन को दूसरी तरफ से किनारे की ओर जाना पड़ा।

काफी थक जाने और लगभग हांफने की स्थिति में भी उसने हार नहीं मानी। धीरे-धीरे तैरते हुए वह किनारे तक पहुंच ही गया। वहां उसके चारों साथी तो उसका इंतजार कर ही रहे थे, कुछ और लोग भी जमा हो गए थे। किसी ने पुलिस को भी फोन कर दिया था। किनारे पर पहुंचते ही सभी ने उन दोनों को संभाल लिया और उन्हें नजदीक के अस्पताल ले गए। प्राथमिक उपचार के बाद कुछ ही घंटों में उन्हें छुट्टी मिल गई।

अब तो नमन को शाबाशी देने वालों का तांता लग गया। हर कोई उसकी पीठ थपथपा रहा था। जिस बच्चे को उसने बचाया था, उसके माता-पिता तो उसका धन्यवाद करते नहीं थक रहे थे। पुलिस ने भी नमन को खूब सराहा। बाद में पुलिस और स्कूल प्रबंधन ने नमन को पुरस्कृत भी किया। स्थानीय पार्षद ने भी उसका हौसला बढ़ाया।

नमन की घटना को मान्यता देते हुए 'भारतीय बाल कल्याण परिषद' के निर्णायक मंडल ने उसका चयन 'राष्ट्रीय वीरता पुरस्कार' के लिए भी कर लिया। 23 जनवरी, 2017 को नई दिल्ली में आयोजित एक समारोह में प्रधानमंत्री नरेन्द्र मोदी ने स्वयं नमन को यह पुरस्कार

दिया। इस पुरस्कार स्वरूप उसे नकद राशि, प्रशस्ति पत्र और मेडल प्रदान किया। इस अवसर पर नमन के माता-पिता और छोटा भाई भी वहां मौजूद थे और खुशी से फूले नहीं समा रहे थे।

नमन को तत्कालीन राष्ट्रपति प्रणब मुखर्जी, दिल्ली के उपराज्यपाल नजीब जंग और मुख्यमंत्री अरविंद केजरीवाल से भी मुलाकात का मौका मिला। नमन के लिए वह क्षण भी कम गौरवशाली न था जब उसे 26 जनवरी को ऐतिहासिक राजपथ से गुजरने वाली गणतंत्र दिवस परेड में शामिल होने का अवसर मिला। अन्य बहादुर बच्चों के साथ उसने खुली जीप की सवारी की और तत्कालीन राष्ट्रपति प्रणब मुखर्जी को सलामी भी दी। नमन ने बताया कि डूबते बच्चे को बचाने के दौरान हालत तो उसकी भी खराब हो गई थी लेकिन उस बच्चे की जान बचाना भी जरूरी था। नमन भविष्य में सेना में भरती होने का सपना संजोए है।

[*सीख* : विपत्ति में फंसे इनसान की मदद करना ही सच्ची मानवीयता है।]

...जब निशा ने दिया नन्हे शिशु को जीवनदान

निशा दिलिप पाटिल

महाराष्ट्र की रहने वाली निशा दिलिप पाटिल 12वीं कक्षा की छात्रा है। 16 साल की निशा दो भाइयों की इकलौती बहन है। इसीलिए घर में सबकी दुलारी भी है। निशा का मिलनसार व्यवहार हर किसी को अपना बना देता है। उस दिन तो उसने इनसानियत और बहादुरी की भी मिसाल पेश कर दी।

यह घटना 14 जनवरी, 2016 की है। सुबह का वक्त था। निशा के पड़ोस में रहने वाली कस्तूराबाई अपने बेटे को स्कूल छोड़ने गई थी। स्कूल चूंकि ज्यादा दूर नहीं था, अतः अपने छह माह के शिशु को वह वहीं पालने में सोता हुआ छोड़ गई। पीछे से अचानक घर में आग लग गई और तेजी से फैलने लगी।

निशा उस वक्त घर के बाहर ही टहल रही थी। उसने कस्तूराबाई के घर की तरफ रोशनदान से धुआं निकलते देखा। समझने में देर नहीं लगी कि यह आग का धुआं है। तभी उसे शिशु के रोने का स्वर सुनाई दिया। निशा को घबराहट-सी महसूस हुई। अनहोनी की आशंका के मद्देनजर उसने रोशनदान से झांककर देखा तो पता चला कि आग घर में तेजी से फैल रही है और बच्चे का पालना आग के बीचोबीच रखा हुआ है। निशा को यह जानने में भी देर नहीं लगी कि कस्तूराबाई घर पर नहीं हैं।

इस स्थिति में निशा के पास इतना समय नहीं था कि कस्तूराबाई को बुलाने जाए या मदद

के लिए लोगों को एकत्र करे। वह खुद ही तुरंत जलते घर की ओर भागी। दरवाजा बाहर से ही बंद था। उसे खोलकर वह घर में गई और आग की लपटों को चीरते हुए सीधे बच्चे के पालने तक जा पहुंची। निशा ने बच्चे को उसके कंबल से ढकते हुए उसे दोनों हाथों में उठाया और बाहर की ओर भागी। हालांकि आग की तपन तेज थी और एक-दो जगह से निशा जल भी गई थी, फिर भी उसने हिम्मत नहीं हारी। वह बिना घबराए बाहर आने में कामयाब हो गई।

तब तक वहां आस-पड़ोस के भी काफी लोग जमा हो गए थे। सभी ने निशा और उसके बच्चे को संभाला। कुछ ही देर में कस्तूराबाई भी पहुंच गई। सारा माजरा जान और वहां के हालात देख उसके तो होश ही उड़ गए। लेकिन जब उसने अपने बच्चे को सही-सलामत पाया तो राहत की सांस ली। पड़ोस के लोगों ने दमकल केंद्र और पुलिस को भी फोन कर दिया था। कुछ ही देर में अग्निशमन दल के कर्मियों ने आग बुझा दी। निशा को पास ही के अस्पताल ले जाकर मरहम-पट्टी करा दी गई।

अब तो हर कोई निशा की बहादुरी को सराह रहा था। आस-पड़ोस के लोगों ने उसको

खूब शाबाशी दी तो उस नन्हे बच्चे की मां कस्तूराबाई तो निशा को दुआएं देते नहीं थक रही थी। पुलिस और अग्निशमन कर्मियों ने भी निशा की खूब पीठ थपथपाई। नगर सेवकों ने तो निशा को सार्वजनिक रूप से पुरस्कृत किया।

बाद में पुलिस की ओर से निशा का नाम 'राष्ट्रीय वीरता पुरस्कार' के लिए प्रस्तावित कर दिया गया। 'भारतीय बाल कल्याण परिषद' के निर्णायक मंडल को भी निशा की बहादुरी ने प्रभावित किया। लिहाजा, उसका चयन कर लिया गया। 23 जनवरी, 2017 को नई दिल्ली में आयोजित एक समारोह में निशा को प्रधानमंत्री नरेन्द्र मोदी ने वर्ष 2016 के प्रतिष्ठित 'राष्ट्रीय वीरता पुरस्कार' से सम्मानित किया। पुरस्कार स्वरूप उसे नकद राशि, प्रशस्ति पत्र और मेडल प्रदान किया गया। निशा के अभिभावक भी इस गौरवशाली क्षण के गवाह बने।

निशा के लिए वह क्षण भी कम गौरवशाली न था जब उसे गणतंत्र दिवस परेड में शरीक होने का अवसर मिला। 26 जनवरी को राजपथ पर न केवल उसने अन्य बहादुर बच्चों के साथ खुली जीप की सवारी की बल्कि तत्कालीन राष्ट्रपति प्रणब मुखर्जी को सलामी भी दी। निशा ने बताया कि जब यह घटना घटी तो वह स्वयं भी बहुत डर गई थी लेकिन अपनी आंखों के सामने एक मासूम बच्चे को जलता हुआ भी नहीं देख सकती थी। निशा ने बताया कि वह बड़ी होकर पुलिस अफ़सर बनना चाहती है।

[*सीख* : नेकी कर, हो भला।]

...बदरुन्निसा ने बचाई सहेली और उसकी मां की जान

बदरुन्निसा के. पी.

केरल की रहने वाली 15 वर्षीया बदरुन्निसा के. पी. 11वीं कक्षा की छात्रा है। बदरुन्निसा थोड़े गंभीर स्वभाव की जरूर है लेकिन पढ़ाई में काफी तेज है। हालांकि उसके व्यवहार की सबसे बड़ी खासियत यह है कि वह मजबूरी के समय किसी अनजान की भी सहायता करने को सदैव तत्पर रहती है। उस दिन भी उसने अपने इसी व्यवहार का परिचय दिया और सबकी प्रशंसा पाई।

घटना 4 मई, 2015 की है। गर्मियों के दिन थे। इस मौसम में नदी या तालाब में स्नान के लिए जाना बहुत ही आम बात है। बदरुन्निसा की एक सहेली 15 वर्षीया विस्माया भी अपनी मां राजी के साथ स्थानीय तालाब में स्नान करने के लिए गई थी। तालाब के ठंडे पानी में उन्होंने काफी देर तक मस्ती की और उसके बाद निकलने की तैयारी करने लगी। इसी दौरान अचानक विस्माया का पैर फिसल गया और वह तालाब के गहरे पानी में डूबने लगी।

विस्माया को बचाने के लिए उसकी मां आगे बढ़ी लेकिन वह भी अपना संतुलन खो बैठी। अब दोनों ही डूबने लगीं। बदरुन्निसा, जो संयोग से उस समय वहां अपनी कुछ सहेलियों के साथ खेलने के लिए गई हुई थी, ने चिल्लाने की आवाज सुनी तो आवाज की दिशा में ही भागी। देखा, उसी की सहेली और उसकी मां दोनों ही गहरे तालाब में डूब रही हैं। यह देख बिना समय गंवाए बदरुन्निसा तुरंत उन दोनों को बचाने के लिए उस 20 फुट के गहरे तालाब में कूद पड़ी।

विस्माया और उसकी मां तालाब में जिस जगह फंसी थीं, वहां से किनारा काफी दूर था।

इसलिए बदरुन्निसा के सामने उन्हें बचाने की राह इतनी सरल भी नहीं थी। ऐसे में पहले बदरुन्निसा ने विस्माया का हाथ पकड़ा और जल्दी से उसे किनारे तक पहुंचाया। विस्माया को किनारे पर छोड़ वह तेजी से तालाब की उसी जगह फिर पहुंची जहां विस्माया की मां फंसी हुई थी। बदरुन्निसा ने अब उनका हाथ पकड़ा और थक जाने के बावजूद उन्हें भी किनारे तक लाने में कामयाब हो गई।

तब तक वहां किनारे पर बदरुन्निसा के साथ खेल रहीं अन्य सहेलियों के साथ और भी कई लोग एकत्रित हो गए थे। सभी ने मिलकर विस्माया, उसकी मां और बदरुन्निसा को संभाला। तीनों को प्राथमिक चिकित्सा दी गई। कुछ ही देर में तीनों सामान्य हो गईं। अब तो सभी बदरुन्निसा की सराहना करने लगे। यदि बदरुन्निसा समय रहते उन्हें बचाने के लिए तालाब में छलांग नहीं लगाती तो उनकी जान भी जा सकती थी। स्वयं विस्माया और उसकी मां भी बार-बार बदरुन्निसा का आभार जताते नहीं थक रही थीं।

बदरुन्निसा को उसकी इस बहादुरी के लिए स्कूल में भी पुरस्कृत किया गया और कई अन्य सार्वजनिक मंचों पर भी। जिला मजिस्ट्रेट कार्यालय से बाद में बदरुन्निसा का नाम 'राष्ट्रीय वीरता पुरस्कार' के लिए 'भारतीय बाल कल्याण परिषद' को भेज दिया गया। परिषद के निर्णायक मंडल

को भी बदरुन्निसा की बहादुरी प्रभावित करने वाली लगी। लिहाजा, उसका चयन कर लिया गया।

23 जनवरी, 2017 को नई दिल्ली में आयोजित समारोह में प्रधानमंत्री नरेन्द्र मोदी ने बदरुन्निसा को वर्ष 2016 के 'राष्ट्रीय वीरता पुरस्कार' से सम्मानित किया। पुरस्कार स्वरूप उसे नकद राशि, प्रशस्ति पत्र और मेडल प्रदान किया गया। बदरुन्निसा की आगे की पढ़ाई का खर्च भी अब 'भारतीय बाल कल्याण परिषद' के माध्यम से ही वहन किया जाएगा। इस गौरवशाली क्षण में बदरुन्निसा के परिजन भी उसके साथ मौजूद थे।

पुरस्कार प्राप्ति के तीन दिन बाद 26 जनवरी के दिन बदरुन्निसा को राजपथ से गुजरने वाली गणतंत्र दिवस परेड में हिस्सा लेने का अवसर मिला। अन्य बहादुर बच्चों के साथ उसने न केवल खुली जीप की सवारी की बल्कि देश के तत्कालीन राष्ट्रपति प्रणब मुखर्जी को सलामी भी दी। बदरुन्निसा ने बताया कि जब वह विस्माया और उसकी मां को बचाने के लिए गहरे तालाब में हाथ-पैर मार रही थी तो डर उसे भी लग रहा था लेकिन उन्हें बचाने की भावना कहीं ज्यादा प्रबल थी। उसने यह भी बताया कि बड़ी होकर वह कोई ऐसा प्रोफेशन चुनना चाहेगी .जिसमें देश की सेवा कर सके।

[*सीख* : सच्चा मित्र वही है जो विपत्ति में काम आता है।]

मित्रों को बचाने में पायल ने गंवाई खुद की भी जान

पायल देवी (मरणोपरांत)

जम्मू-कश्मीर की रहने वाली 12 वर्षीया पायल देवी 7वीं कक्षा में पढ़ती थी। तीन बहनों और दो भाइयों में से एक पायल के पिता मजदूरी करते हैं। वह जानती थी कि परिवार की बेहतरी के लिए अच्छे से पढ़ना-लिखना जरूरी है। इसीलिए कक्षा में हमेशा अव्वल रहती थी। छोटी सी उम्र में भी दूसरों के काम आना उसके व्यवहार की विशेषता थी। अपनी इसी विशेषता को निभाने में एक दिन उसकी जान भी चली गई।

घटना 12 मई, 2016 की है। बादल फटने के कारण रामबान जिले के सभी नाले उफान पर थे। जिले में बाढ़ के हालात बने हुए थे। प्रशासन ने चेतावनी बरतने की मुनादी भी करवा रखी थी लेकिन स्थानीय निवासियों को रोजमर्रा के काम तो करने ही थे। इसलिए बच्चे अपने स्कूल आते-जाते थे और बड़े अपने काम-धंधों पर। उस दिन दोपहर का वक्त था। सहपाठी 14 वर्षीय राकेश और 5 वर्षीया शेफाली के साथ पायल स्कूल से घर लौट रही थी।

चकवा नाले के पास अचानक राकेश और शेफाली बाढ़ के चक्रव्यूह में फंस गए। उन्होंने संभलने की काफी कोशिश भी की लेकिन पानी के तेज बहाव में बहने लगे और मदद के लिए चिल्लाने लगे। पायल ने यह दृश्य देखा तो बगैर अपनी जान की परवाह किए उन दोनों को बचाने के लिए तुरंत 17 से 20 फुट गहरे नाले में छलांग लगा दी। पायल ने उन्हें बचाने के लिए बहुत हाथ-पैर मारे लेकिन एक तो नाले की गहराई काफी होने और दूसरा बाढ़ के

पानी का बहाव बहुत तेज होने के कारण स्थिति काबू में ही नहीं आ रही थी। देखते ही देखते तीनों डूब गए। बाद में उनके शव ढूंढ़ने के लिए भी जिला प्रशासन को काफी मशक्कत करनी पड़ी।

बेशक पायल अपने साथियों राकेश और शेफाली की जान नहीं बचा पाई मगर जिस बहादुरी के साथ उसने खुद की भी जान दे दी, वह जिले भर में चर्चा का विषय बन गया। हर किसी की जुबान पर पायल की बहादुरी का ही जिक्र था। पुलिस प्रशासन ने भी उसकी बहादुरी को सराहा एवं सलाम किया। पायल की मौत के बाद उसके पिता को कई जगह बेटी की बहादुरी के लिए सम्मानित किया गया।

जिला प्रशासन की अनुशंसा पर जब पायल का नाम 'भारतीय बाल कल्याण परिषद' को अग्रसारित किया गया तो परिषद के निर्णायक मंडल को भी पायल की बहादुरी ने प्रभावित किया। लिहाजा, मरणोपरांत पायल का नाम वर्ष 2016 के प्रतिष्ठित 'राष्ट्रीय वीरता पुरस्कार' के लिए चयनित कर लिया गया।

23 जनवरी, 2017 को नई दिल्ली में आयोजित एक समारोह में पायल के परिजनों को प्रधानमंत्री नरेन्द्र मोदी ने 'राष्ट्रीय वीरता पुरस्कार' से सम्मानित किया। पुरस्कार स्वरूप नकद राशि, प्रशस्ति पत्र और मेडल प्रदान किया गया। पुरस्कार ग्रंहण करते हुए पायल के परिजनों के आंखों से आंसू छलक उठे तो प्रधानमंत्री ने भी उन्हें सांत्वना दी। पायल के भाई-बहनों की पढ़ाई का खर्च भी अब परिषद ही वहन करेगी।

पायल के परिजनों के लिए वह क्षण भी अविस्मरणीय था जब उन्हें अन्य बहादुर बच्चों के साथ 26 जनवरी को गणतंत्र दिवस परेड में शामिल होने का अवसर मिला। ऐतिहासिक राजपथ पर उन्होंने खुली जीप की सवारी की और देश के तत्कालीन राष्ट्रपति प्रणब मुखर्जी को सलामी भी दी। पायल के परिजन राजकुमार और सोहनलाल ने बताया कि उन्हें अपनी बेटी की बहादुरी पर नाज है। उन्होंने यह भी बताया कि बड़ी होकर इंजीनियर बनना चाहती थी।

[*सीख* : मुसीबत में दूसरे के काम आना ही सच्चा मानव धर्म है।]

❑❑